AF282460

Rai Huck

Junge.
Macht.
Blut.

Roman

Bibliografische Information der Deutschen Nationalbibliothek:
Die Deutsche Nationalbibliothek verzeichnet diese Publikation in der Deutschen Nationalbibliografie; detaillierte bibliografische Daten sind im Internet über http://dnb.dnb.de abrufbar.

Erste Auflage Dezember 2022

Coverbild und Illustrationen: R.H, Köln
Lektorat: U.H, Münster
Herstellung und Verlag: BoD – Books on Demand, Norderstedt
Printed in Germany
ISBN: 9783756829361

Die Geschichte ist durch
reale Ereignisse inspiriert.

Alle Personen und Handlungen
sind frei erfunden.

Prolog

Es geschah an einem Samstagnachmittag. Der kleine Tim, sieben Jahre alt, ging nach dem Mittagessen in den benachbarten Wald.

Vor zwei Tagen hatte er am Waldeingang einen Jungvogel gefunden. Er schien aus dem Nest gefallen zu sein. Zwei Stunden lang hatte er ihn beobachtet, aber der Jungvogel blieb allein. Seine Eltern hatten ihn alleingelassen.

Tim rannte nach Hause und baute einen Karton mit Luftlöchern, in dem der Jungvogel Unterschlupf fand. Er sammelte Insekten, legte sie in den Karton hinein und brachte Wasser mit, damit der Vogel immer etwas zu trinken hatte.

Am dritten Tag saß Tim auf dem Waldboden und beobachtete den Vogel beim Essen, als plötzlich ein älterer Junge vor ihm auftauchte. Tim hatte ihn gar nicht kommen sehen und erschrak. Ohne etwas zu sagen, öffnete der ältere Junge den Karton. Vor Tims Augen nahm er den Kopf des Jungvogels zwischen Zeigefinger und Mittelfinger und zog einmal kräftig dran. Der Kopf des Jungvogels fiel auf den Boden. An den Händen des Jungen klebte frisches Blut.

»Na, Kleiner«, sagte der ältere Junge, »will`ste mal ablecken?«

Tim blieb sitzen, sagte kein Wort und zitterte. Der Junge verschwand genauso schnell, wie er gekommen war. Wind kam auf, und es begann heftig zu regnen. Tim wollte dem älteren Jungen nicht noch mal begegnen. Dann sah er zu, wie der tote Jungvogel vom Regen weggespült wurde.

EINS

Als ich im Internat war, stand ich jeden Morgen fünf Minuten vor dem Spiegel und verfiel in Gedanken. Mein Spiegelbild sagte mir immer die Wahrheit.

Ich fand mich charmant und schön.

Langsam bewegte ich mein Gesicht zum Spiegel hin, bis meine Nasenspitze die Glasscheibe berührte.

Ich erschrak.

Das Bild, das ich jetzt zu sehen bekam, machte mir Angst. Mein Gesicht hatte nur noch ein Auge. Es war riesig groß und befand sich mitten im Gesicht. Ich starrte mich an, verharrte wie in Trance. Meine Augenfarbe war verschwommen. Langsam bewegte ich mein Gesicht vom Spiegel weg und blieb auf Distanz. Ich wurde wieder klar und rein. Meine blauen Augen bekamen ihre volle Schönheit zurück.

Ich bin nicht so, wie sie alle denken.

Nein, so bin ich nicht.

Es war früh am Morgen, halb sieben. Mein Haar war völlig zerzaust. Es war eine unruhige Nacht. Ich hatte wieder schlecht geschlafen. Die ganze Nacht drehte ich mich von einer Seite auf die andere und wurde regelmäßig von komischen Träumen geweckt. Sie ließen mich schwitzend erwachen, aber ich fühlte mich wohl, war vielleicht erregt, keine Ahnung.

Irgendetwas befriedigte mich dabei, die Träume zu erleben, zu spüren, aber ich verstand sie noch nicht, wusste nicht, was in diesen Nächten mit meinem Körper passierte.

Die vier Gemeinschaftsbadezimmer auf unserem Flur waren sehr klein. Jedes Bad hatte eine Toilette, zwei Waschbecken mit Spiegel und eine Badewanne mit integrierter Dusche. Ich säuberte den Spiegel mit einem feuchten Tuch und wusch mir den letzten Nachtschweiß aus meinem Gesicht. Alles roch nach alter, schmieriger Seife.

Damit das Badezimmer beim Duschen nicht vollständig unter Wasser lief, gab es einen Duschvorhang, den man zuziehen konnte, aber viele nutzten ihn nicht. Oft stand der ganze Fußboden unter Wasser. Dann dauerte es nicht lange, bis es auf dem Flur laut wurde.

»Welches Arschloch hat hier zuletzt geduscht?«, »Du Wichser!«, »Du Drecksau!«, »Du Schlampe!«, hat es dann oft geheißen.

Das Warmwasser der Dusche ließ sich nur schwer regulieren. Die Kunst bestand darin, den Einhebelmischer-Wasserhahn in kurzer Zeit in die optimale Position zu bringen, ohne sich dabei zu verbrennen. Aber das gelang mir nur sehr selten. Entweder war das Duschwasser extrem heiß oder eiskalt.

Allzu schnell verbrannte ich mir die Kopfhaut und wurde aggressiv. Schon klopfte bereits der nächste Schüler an die Tür.

»Tim, beeil dich. Ich muss auch noch ins Badezimmer. Die Zeit drängt!«, rief Ben und schlug mehrmals gegen die abgeschlossene Badezimmertür.

Ich hatte ihm nicht geantwortet und ließ ihn warten. Wenn ich im Bad war, schloss ich die Tür immer ab. Ich konnte es nicht ertragen, wenn ich mich im Spiegel sah und neben mir ein Mensch stand. Schon gar nicht, wenn er auf die Idee kam, sich über mein Aussehen frühmorgens lustig zu machen, weil ich augenblicklich nicht perfekt zu sein schien. Und das Haar noch nicht gekämmt und mit feuchtem Gel geglättet war.

Ich war nicht arrogant, ich redete nur nicht mit jedem. Erst recht nicht, wenn ich noch müde war.

Ben war mein Mitschüler und sah ebenfalls sehr gut aus, aber objektiv betrachtet, ist er nicht so schön wie ich. Immerhin gab er sich Mühe. Vor kurzem hatte er sich eine Haircut-Maschine gekauft. Ein wahnsinniges Teil mit zwanzig einstellbaren Stufen und vier verschiedenen Aufsätzen. Jeden Tag schnitt Ben ein bisschen an seinen Haaren herum und schaute sich dabei die neuesten YouTube Videos an: »be your own self hair cutting machine«.

Wir beide waren siebzehn Jahre alt und sehr schlank. Wir konnten essen, was wir wollten, und nahmen nie zu. Trotzdem stellten wir uns nach Ende des Sportunterrichts regelmäßig auf die Waage. Aber wir wussten schon im Voraus, was sie uns anzeigen würde. Siebzig Kilo plus minus zwei.

Als ich die Badezimmertür aufschloss, war Ben auf dem Flur nicht mehr zu sehen. Ich ging wieder zurück in mein Zimmer. In dem Raum standen zwei Einzelbetten. Aber seit Beginn meiner Internatszeit war ich allein auf dem Zimmer. Das andere Bett blieb frei. Ob es jemals wieder belegt werden würde, das wollte mir die Internatsleitung nicht mitteilen.

Ich schlief in einem konventionellen Massivholzbett. Die Matratze roch irgendwie benutzt. Als ich das Bett zum ersten Mal frisch bezog, entdeckte ich einige vertrocknete Spermaspuren. Mein Vorgänger schien genauso viel zu wichsen wie mein Mitschüler aus dem Nachbarzimmer. Jeden Morgen, pünktlich um halb sieben, wenn die Schulklingel das erste Mal zum Wecken läutete, hörte ich kurze Zeit später ein verkrampftes Stöhnen von nebenan. Innerhalb von wenigen Sekunden folgten mehrere Aufschreie. Meist ein uh-ja oder oh-ja, so was in der Art. Vielleicht war es auch zuerst das oh-ja und dann das uh-ja. So genau konnte ich mir die Tonfolge nie merken. Manchmal hörte ich auch das Bett quietschen. Danach war erst mal Ruhe. Bis zum nächsten Morgen, als die Schulklingel wieder läutete. Und keine dreißig Sekunden später ging das Lustspiel von vorne los.

Ich machte mir Gedanken darüber, wie sich mein Mitschüler aus dem Nachbarzimmer wohl in zehn Jahren verhalten würde, wenn er erwachsen und alt ist. Vielleicht sitzt er dann als erfolgreicher Geschäftsmann in einem Intercityzug, ist müde und schläft ein, plötzlich klingelt hinter ihm ein Reisewecker. Was macht er dann? Knöpft er sich automatisch seine Hose auf, holt seinen Schwanz heraus und fängt an zu wichsen? Ich musste lachen, aber ganz abwegig fand ich meine Prognose nicht.

Ich öffnete meinen Kleiderschrank, der wuchtigste Gegenstand in meinem Zimmer. Es war ein schwerer, alter Holzschrank aus zerkratztem Holz.

Die Innenseite der Schranktür war vollgeschrieben, überall hatten sich meine Vorgänger mit Symbolen und Pseudonymen verewigt. Die vielen Zeichen und Schriften lasen sich teilweise wie verstummte Hilfeschreie, aber niemand hatte sich je die Mühe gemacht, sie zu entschlüsseln und zu hinterfragen. Ich auch nicht. Nur selten war etwas Humorvolles dabei.

Im Kleiderschrank befand sich meine Schuluniform. Hosen, Jackett, Hemden sowie die Krawatten. Jedes Einzelteil hing an einem separaten Kleiderbügel.

Bei meinem Einzug ins Internat hatte mein Vater mir verheimlicht, dass alle Internatsschüler verpflichtet waren, eine einheitliche Schuluniform zu tragen. Diese Lüge werde ich ihm nie verzeihen.

Ich nahm meine Schuluniform aus dem Schrank und legte sie auf den Schreibtisch, den ich vorher extra noch mal mit einem feuchten Tuch abgewischt hatte.

Obwohl die Uniform vom Personal frisch gewaschen und gebügelt war, reichte mir die vorgefundene Sauberkeit nie aus. Bevor ich die Schuluniform anzog, wischte ich sie mit beiden Händen nochmals fein säuberlich ab, bis die kleinsten Staubspuren, die sich über Nacht im Schrank gebildet hatten, beseitigt waren.

Als ich das Jackett anzog, fiel mir ein zusammengeknäultes Foto aus der Innentasche. Ich hatte es schon fast vergessen. Mein erstes Foto mit Schuluniform, neben mir mein Vater und der Internatsleiter.

Es war der Tag, an dem ich ins Internat gebracht wurde. Meine Mutter blieb zu Hause und hatte angeblich keine Zeit mitzukommen. Außerdem meinte sie, so eine Übergabe wäre reine Männersache. Vielleicht wollte sie auch gar nicht, dass ich aufs Internat ging. Darüber haben wir nie gesprochen.

Die Entscheidungen meines Vaters hat sie niemals angezweifelt.

Das Internat lag inmitten einer Gebirgslandschaft. Eine Idylle aus Mischwald und Getreidefeldern. Ein abgelegener Landstrich, einsam und ohne jegliche Anbindung an die Zivilisation. Die Zufahrtsstraße führte durch eine Wiesenlandschaft. Rechts und links standen grasende Kühe, die angeblich keinem gehörten, sagte man uns. An bestimmten Tagen liefen auch einzelne Pferde auf der Wiese herum. Pferde sind immer ehrlich, habe ich mal gehört.

Wir parkten mit unserem teuren Mercedes auf dem kleinen Besucherparkplatz neben dem Turm. Überall auf dem Internatsgelände standen Fichten, Tannen und andere Bäume. Sie wirkten uralt und waren unendlich hochgewachsen. Ein starker Wind fegte durch die Bäume und verursachte ein lautes Rauschen. Von allen Seiten fielen die Blätter herunter.

Auf den ersten Blick wirkt das Internatsgelände von außen völlig undurchsichtig. Insgesamt gibt es sechs große Gebäude auf dem Gelände, die sternförmig zusammenlaufen. Im Zentrum steht ein alter Turm. Keine Ahnung wie hoch der ist. Ganz oben im Turm befindet sich die Internatsleitung.

Ein Schüler aus der fünften Klasse holte uns vom Parkplatz ab. Er ging auf meinen Vater zu, verneigte sich, gab ihm die Hand und sagte: »Herzlich willkommen und einen wunderschönen Guten Morgen.« Dann kam der Junge zu mir, zog mich leicht nach unten und flüsterte mir ins Ohr: „Na, Neuankömmling, Scheißfahrt gehabt?«

Es schien ihm eine kleine Genugtuung gewesen zu sein, mich auf diese Art und Weise begrüßen zu dürfen.

In kleinen Schritten gingen wir zur Internatsleitung. Alle hintereinander im Gänsemarsch. Vorausgehend der Schüler, dann mein Vater und dahinter ich.

Als wir drinnen waren, blieb der Schuljunge stehen. Er fragte uns, ob wir gut zu Fuß wären, und mein Vater hat sofort »ja« gesagt.

Überrascht runzelte ich die Stirn.

Der Schüler fügte hinzu: »Wir müssen die Turmtreppen hinauflaufen. Hier gibt es keinen Aufzug.«

Mein Vater meinte, das wäre völlig okay, denn wir wären das Treppensteigen gewöhnt.

Ich schüttelte leicht den Kopf. Das stimmte nicht.

Zu Hause hatten wir sogar einen Aufzug, um in die zweite Etage zu kommen. Unsere zweistöckige Villa war mit einer Real-Smart-Home Steuerung ausgestattet. Das komplette Haus und der Garten waren mit Technik automatisiert worden.

Mein Vater hatte sich damals von der Werbung eines Herstellers beeindrucken und verführen lassen:

»Die automatische Haussteuerung denkt so wie Sie. Das System nimmt Ihnen Tausende Handgriffe ab!«

Wie viele Handgriffe mein Vater mittlerweile getätigt hatte, um die Technik richtig bedienen zu können, das weiß ich nicht. Aber ich schätze, es waren mehr als eintausend.

Als ich eines Tages nach Mitternacht von einer Party zurückkam und mit der Chipkarte die Haustür öffnen wollte, löste das System einen internen Alarm aus.

Die Haustür blieb verschlossen. Kurze Zeit später brummte mein Smartphone in der Hosentasche.

Ich zog es heraus und freute mich schon, weil ich fest davon ausging, dass es Tina war.

Ich dachte, sie hätte doch noch ihre Meinung geändert, und ich sollte vorbeikommen, um sie zu ficken.

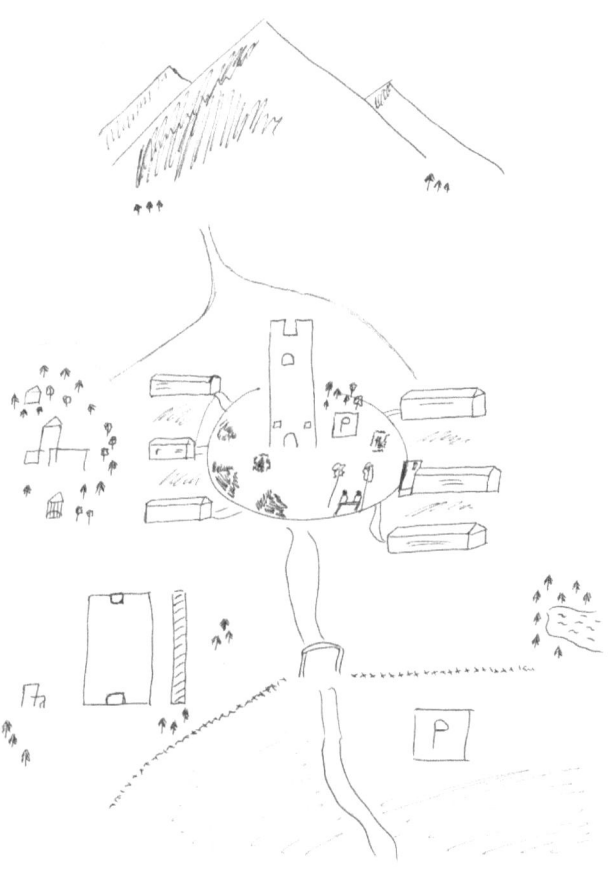

Aber es war nicht Tina.

Auf dem Display erschien das Foto meines Vaters.

Die Real-Smart-Home Steuerung hatte sich automatisch in mein Smartphone eingewählt und forderte mich auf, »ok« zu drücken.

Das tat ich dann auch, denn schließlich kam ich ja nicht ins Haus. Als ich »ok« gedrückt hatte, wurde eine Liveübertragung zu meinem Vater hergestellt, der schon im Bett lag und mir zuwinkte.

An Tina konnte ich nun nicht mehr denken.

Mein Vater fragte mich, warum ich erst jetzt nach Hause gekommen wäre und warum ich mich nicht an die vereinbarte Zeit gehalten hätte.

Ich sagte, es wäre ja nicht viel später als halb zwölf geworden und blickte heimlich auf die Uhr. Mein Vater meinte, ich bräuchte gar nicht auf die Uhrzeit zu schauen. Ich sah hoch zur Videokamera, die über der Haustür befestigt war, und irgendwie vergessen hatte.

Es war mittlerweile kurz nach Mitternacht, genau zehn nach zwölf, also vierzig Minuten später als vereinbart.

Mein Vater hat gesagt, vierzig Minuten wären ein großer Unterschied, denn die Haussteuerung sei nach seinen Wünschen programmiert worden. Und ab sofort käme es auf jede Minute an, um ins Haus hineinzukommen.

Das hätte ich nicht gewusst, sagte ich.

Die voll elektronische Real-Smart-Home Steuerung war vom Hersteller wie ein menschliches Nervensystem programmiert worden.

Alle Bedürfnisse und Gewohnheiten meines Vaters wurden auf einer Festplatte gespeichert. Sie befand sich in einem kleinen grünen Miniserver, der im Keller stand und die Haussteuerung übernahm. Meine Mutter und ich hatten zu dem separaten Kellerraum keinen Zugang. Die Tür war immer abgeschlossen.

Ich stand weiterhin vor der verschlossenen Haustür und wartete, dass etwas passierte. Es dauerte ungefähr zehn Minuten, bis sich mein Vater via Liveschaltung noch mal meldete. Inzwischen war er sehr genervt.

Er sagte, er hätte den internen Alarm jetzt ausgeschaltet, und ich sollte die Chipkarte noch mal ans Lesegerät halten. Das tat ich dann auch. Mittlerweile war ich komplett durchgefroren. Aber ich hatte Glück. Das Schloss wurde elektronisch entriegelt und die Haustür sprang auf. Ich ging direkt auf mein Zimmer und legte mich schlafen.

Am nächsten Morgen, als wir alle gemeinsam frühstückten, meinte mein Vater, er hätte nach der gestrigen Aktion nicht mehr einschlafen können und fügte hinzu: »So kann das mit dir nicht weitergehen!«

Als wir die Turmtreppen hinaufstiegen, ließ ich meinen Vater nicht mehr aus den Augen. Sein Schnaufen wurde immer lauter. Anfangs hatte ich die Turmstufen noch gezählt, aber irgendwann hörte ich damit auf. Mein Vater und ich sind schweißgebadet oben angekommen. Nur der Schüler aus der fünften Klasse zeigte keinerlei Signale der Erschöpfung, was mich ärgerte. Er war schon vorgelaufen und wartete selbstzufrieden am Ende der Treppe. Als wir an ihm vorbeigingen, um die Aussicht aus dem Turmfenster zu genießen, hielt er mich kurz fest, zog mich leicht hinunter und flüsterte mir ins Ohr: »Na, Schlappschwanz! Auch endlich da!«

Leider hatte ich in diesem Moment keine Gelegenheit, ihm eins in seine dumme Fresse zu hauen. Das wusste er genau und hörte nicht auf zu grinsen.

Die Aussicht von hier oben auf das Internatsgelände war fantastisch. Auch der Blick auf das umliegende Waldgelände war beeindruckend.

Aber das half meinem Vater nicht weiter. Er hatte inzwischen Herzrasen bekommen und sagte, er bräuchte schnell einen Stuhl und müsste sich erholen und Ruhe finden.

Der Schüler führte uns in das Büro des Internatsleiters. Er bat meinen Vater, auf dem Stuhl vor dem Schreibtisch Platz zu nehmen. Das machte er dann auch, ließ sich erschöpft in den Besucherstuhl fallen und schnaufte tief durch. Ich setzte mich auf den Stuhl daneben.

Der Raum war riesig und hatte hohe Wände. Alles war in Weiß gestrichen. Rundherum standen Bücherregale. Jeder noch so kleine Platz in den Regalen war belegt. Überall steckte ein Buch drin. Ob der Internatsleiter die Bücher alle gelesen hat, das weiß ich nicht. Niemand von den Schülern hatte sich je getraut, ihn danach zu fragen.

Ein Großteil des Parkettbodens war mit alten, teuren Teppichen ausgelegt.

»Orientteppiche aus Afrika. Wahrscheinlich Kongo oder Simbabwe«, sagte mein Vater und zeigte mit seinem Zeigefinger auf einen kleinen roten Teppich.

Simbabwe? Kongo? Misstrauisch verzog ich die Stirn. Mein Vater war noch nie in Afrika gewesen.

Direkt vor uns stand ein großer, antiker Schreibtisch, dahinter befand sich ein Lederstuhl, hoch und mächtig. Die Kopflehne war so breit, da hätten auch zwei Köpfe nebeneinander Platz gehabt.

Die Tischlampe schien vergoldet zu sein, darunter lagen zwei Füllfederhalter. Mein Vater meinte, die wären sehr teuer und exklusiv, dann zeigte er auf den Lederstuhl und sagte: »Da sitzt gleich der Internatsleiter.«

»Ich weiß«, antwortete ich.

Es war kalt im Büro und mein Vater wickelte sich ständig in seine Jacke ein, schüttelte sich und schaute auf den Heizungskörper, in der Hoffnung, er würde bald angehen.

Wir warteten zwanzig Minuten, aber niemand kam. In dieser Zeit fiel kein Wort zwischen uns.

Auch der Schüler aus der fünften Klasse tauchte nicht mehr auf. Wahrscheinlich lief er wieder die Treppenstufen hinunter, um den nächsten Neuankömmling vom Parkplatz abzuholen. Ich glaube, das war seine einzige Aufgabe hier im Internat. Anders war seine gute, sportliche Kondition auch nicht zu erklären.

Im Hintergrund hörten wir die ganze Zeit über das Geräusch einer Uhr.

…tick-tack, tick-tack, tick-tack.

Während wir weiterhin auf den riesigen Schreibtisch starrten, der vor uns stand.

»Ich glaube, hinter uns hängt eine Kuckucksuhr«, sagte mein Vater.

»Ich weiß«, antwortete ich.

»Woher?«, fragte mein Vater.

»Ich habe die Uhr schon beim Hereinkommen entdeckt.«

»Ach so.«

Jetzt wurde auch mir kalt und zog meine Jacke an. Nun schauten wir beide auf den Heizungskörper, aber da passierte nichts.

»Die Kuckucksuhr wird traditionell vor allem im Schwarzwald gefertigt und ist weltweit bekannt«, sagte mein Vater.

»Ich weiß.«

Dann drehte sich mein Vater um und sagte: »Die hat ein mechanisches Pendel.«

Jetzt drehte auch ich mich um, denn normalerweise interessierte sich mein Vater nicht für Kuckucksuhren.

»Stimmt«, sagte ich.

…tick-tack, tick-tack, tick-tack.

Fünf Minuten lang.

Ich musste aufpassen, dass ich nicht in Hypnose fiel, als plötzlich mein Vater sagte:

»Ich bin gespannt, ob der kleine Kuckuck mal raus-kommt. Ich würde mich sehr freuen, ihn mal zu se-hen.«

Ich sagte, ich würde mich auch freuen, wenn der Kuckuck mal kurz »hallo« sagt. Wir warteten gemein-sam auf den Kuckuck. Den Internatsleiter hatte ich schon fast vergessen, als wir eine tiefe Stimme hörten und jemand »Guten Tag« sagte.

Wir drehten uns gleichzeitig um.

Plötzlich stand der Internatsleiter hinter uns, ohne dass wir bemerkt hatten, wie er hereingekommen war. Er schien über sechzig Jahre alt zu sein. Sein wahres Alter haben wir nie erfahren. Sein Körper war mäßig schlank. Er hatte eine hohe Stirn und trug einen kurz rasierten, kreideweißen Stoppelbart. Sein weißes Haar hing zerfranst bis zu seinen Schultern herunter und war zweifellos ungekämmt. Er hatte das Gesicht eines Stoikers. Er hatte eine biedere, altmodische Hose an, die er bis über seinem Bauchnabel hochgezogen und mit einem breiten braunen Ledergürtel festgezogen hatte. Es schien, als stünde er in einem Kartoffelsack.

Auf der Hinfahrt hatte mir mein Vater erzählt, im In-ternat sei alles »supermodern«. Ich schaute mir den In-ternatsleiter noch mal etwas genauer an und hatte jetzt so meine berechtigten Zweifel.

Mein Vater sprang auf und reichte dem Internatsleiter die Hand. Ich blieb sitzen.

Der Internatsleiter nahm die Hand meines Vaters, zog sie in seine Richtung und drückte so fest zu, bis mein Vater das Gesicht verzog.

»Mein Name ist Dr. Budnatz, seien Sie herzlich willkommen, Herr Tronberg. Bitte setzen Sie sich.«

Plötzlich hörten wir ein lautes Klicken, das von der Heizung kam. Beide starrten wir auf den Heizkörper und kurze Zeit später spürten wir, wie es im Raum warm wurde.

Irritiert sagte mein Vater: »Wir dachten, die Heizung wäre defekt. Die ganze Zeit war es hier drin fürchterlich kalt.«

»Oh«, sagte der Internatsleiter, »dann hat der Schüler aus der fünften Klasse wohl vergessen, sie vorher anzuschalten und hat es jetzt nachgeholt.«

Ich spürte das Grinsen des Schülers, obwohl er nicht im Raum anwesend war, und ballte meine rechte Hand zu einer Faust.

Die weitere Vorstellung verlief kühl und trocken.

Wir mussten unsere vollständigen Vor- und Nachnamen aufsagen und unsere Familienherkunft erklären. Anschließend stellte der Internatsleiter einige Fragen zu unserem Familienstammbaum und fragte, ob wir hier in der Gegend Verwandtschaft hätten. Wir beide haben mit Nein geantwortet. Dann beschrieb mein Vater, warum er so erfolgreich im Job ist, was er sich schon alles von dem ganzen Geld gekauft hatte. Am Ende seiner Ausführungen meinte er noch, wenn hier alles zu seiner Zufriedenheit verlaufen würde, wäre eine zukünftige Spende in besonderer Höhe ans Internat nicht auszuschließen. Der Internatsleiter nickte zufrieden. Die Stimmung lockerte sich. Nun begann mein

Vater, von unserer Real-Smart-Home Steuerung zu erzählen. Warum er das gemacht hat, das weiß ich nicht.

Während mein Vater die automatische Gartenbewässerungsanlage erklärte und alle Pflanzenarten aufzählte, die sich in unserem Garten befanden, stand Dr. Budnatz auf und schaute aus dem Fenster. Er schnalzte mit der Zunge und bewegte seinen Kopf hin- und her. Er fiel meinem Vater ins Wort und meinte, dass das Wetter heute nicht so schön sei, bald werde es anfangen zu regnen. Der Internatsleiter hob beide Hände über seinen Kopf, bewegte alle seine zehn Finger und ließ beide Hände wieder nach unten gleiten. Ich glaube, er wollte damit Regen simulieren. Aber mein Vater hörte nicht auf zu erzählen, mittlerweile erklärte er die Alarmanlage.

»Der Wind wird heute noch deutlich zunehmen, es wird stürmisch!«, fügte der Internatsleiter hinzu.

Da der Internatsleiter mich nicht sehen konnte, pustete ich Luft aus meinem Mund und simulierte einen Sturm. Mein Vater stieß mir in die Seiten und schüttelte den Kopf. Dann sagte er: »Ja, selbstverständlich wird es heute stürmisch werden, Herr Dr. Budnatz.«

Ich schaute meinen Vater an und wunderte mich, denn als wir aus dem Auto ausgestiegen waren, meinte er noch zu mir »der Wind lässt gleich nach«.

Dr. Budnatz drehte sich wieder vom Fenster weg und fragte:

»Wie war denn Ihre Anreise?«

»Sehr gut«, antwortete mein Vater. »Die Fahrt hätte besser nicht sein können.« Was aber nicht stimmte. Auf der Hinfahrt hatten wir kein Wort miteinander geredet. Die Stimmung im Auto hätte mieser nicht sein können.

Dr. Budnatz setzte sich lässig und machtvoll in seinen Lederstuhl. Sein Gesichtsausdruck wurde zunehmend ernster. Er öffnete eine Schreibtischschublade, zog ein Dokument heraus und überreichte es mir, dann sagte er:

»Sorgfältig durchlesen und unterschreiben!«

Völlig überrascht nahm ich das Dokument entgegen und vermied jeglichen Augenkontakt mit ihm.

Es war kein schweres, dickes Dokument, was ich in den Händen hielt, aber immerhin hatte es siebzehn Seiten.

»Hausordnung« stand auf dem Deckblatt.

Mein erstes Interesse galt den Weckzeiten, denn normalerweise liebte ich es, lange zu schlafen. Ich hatte bereits eine komische Vorahnung, dass es hier im Internat anders laufen könnte.

Es dauerte nicht lange, bis ich das Kapitel »Weckzeiten« fand.

Wecken um halb sieben.

Frühstück um sieben.

Viel Zeit, um sich schönzumachen, blieb da nicht mehr.

Ich hatte nachgedacht, wer morgens durch eine Hausordnung gezwungen wird, früh aufzustehen, der wird mit Sicherheit auch gezwungen, früh schlafen zu gehen.

Also begann ich, nach dem Wort Bettruhe zu suchen. Es dauerte nicht lange, bis ich das Kapitel »Bettruhe« fand.

Zehn- bis Elfjährige mussten um neun Uhr im Bett sein. Klar, ist ganz vernünftig.

Zwölf- bis Dreizehnjährige um halb zehn. Logisch, kann ich nachvollziehen.

Vierzehn- bis Fünfzehnjährige um zehn Uhr. Ist okay.

Sechszehn- bis Siebzehnjährige, mein Alter, mussten um halb elf ins Bett. Nicht logisch! Konnte ich nicht nachvollziehen. Unverschämtheit!

Das ganze Internatsleben schien geregelt und bis auf die letzte Minute verplant zu sein.

Ich stellte mir die Frage, was wäre, wenn ich mal richtig Bock hätte zu ficken, feuchte Muschi und so, anstatt zu wichsen?

Waren solche essenziellen Bedürfnisse ebenfalls in der Hausordnung geregelt worden?

Unter dem Stichwort »Besuchsregelung« fand ich den entsprechenden Hinweis: »Es finden keine Handlungen statt, die nach allgemeinem Verständnis intimen oder verbotenen Charakter haben oder einen dahingehenden Verdacht begründen!«

Die Message war eindeutig!

Besuch mitbringen, kein Problem.

Mit dem Besuch rumalbern, auch kein Problem.

Besuch mit aufs Zimmer nehmen, verdächtig.

Anfangen, sich auszuziehen, intim.

Sich gegenseitig auszuziehen, riesiges Problem.

Besuch ficken, ein verbotener Charakter.

Ich überlegte, ob es eine Zwischenlösung zwischen Einhaltung der Hausordnung und menschlichem Bedürfnis geben konnte?

Und woher sollte ich was zum Ficken finden, wenn um mich herum nur Typen waren und kein erotischer Besuch erlaubt war?

Ich habe nachgedacht. Nicht lange. Was wäre, wenn ich mir mal `ne Nutte mit aufs Zimmer nehmen würde? Juristisch gesehen wäre das doch kein Besuch? Ich würde die Nutte für ihre Dienstleistung ja bezahlen, eine Art Dienstbotengang, aber definitiv kein Besuch. Meine Erklärung schien mir ganz plausibel, außerdem wurde mir mal gesagt: »Alles, was nicht definiert und ausdrücklich verboten ist, ist erlaubt.«

Ich traute mich aber nicht, meine gut durchdachte Zwischenlösung gegenüber dem Internatsleiter offen anzusprechen, zugleich immer noch mein Vater neben mir saß. Deshalb fiel es mir umso schwerer, zu unterschreiben.

Ich zögerte und tippte mit dem Kugelschreiber auf der Hausordnung herum.

»Na, Tim, brauchen wir mehr Zeit?«, fragte der Internatsleiter. »Wenn Sie wollen, haben wir den ganzen Tag Zeit. Alles kein Problem.«

Mein Vater schüttelte den Kopf, riss mir die Hausordnung aus den Händen und unterschrieb als Erster, ohne den Inhalt gelesen zu haben. Das wunderte mich, denn normalerweise unterzeichnet er nie etwas, wenn er vorher nicht weiß, was drinsteht.

Sein Verhalten ließ nur zwei Möglichkeiten zu. Entweder er vertraute dem Internatsleiter blind, mich auf den rechten Weg zu bringen, oder er hatte die Hausordnung vorab schon zugeschickt bekommen, und mir nichts davon erzählt. Die zweite Variante hielt ich für wahrscheinlicher.

Nachdem auch ich die Hausordnung unterschrieben hatte und Dr. Budnatz das Dokument in einem Aktenordner ordentlich abgeheftet hatte, zog er ein weiteres Schriftstück aus der Schublade heraus, überreichte es mir und sagte: »Sorgfältig durchlesen und unterschreiben!«

Die Überschrift war in Fettschrift gedruckt und mehrmals von Hand unterstrichen worden.

»Drogenkonsum im Internat!«

Mein Vater blickte kurz zu mir rüber und schüttelte den Kopf. Ich kannte ihn. Sein Kopfschütteln war eine unmissverständliche Aufforderung, keine Drogen zu nehmen, nicht allzu lange zu überlegen und zu unterschreiben.

Während ich begann, das Kleingedruckte zu lesen, sagte Dr. Budnatz: »Wer Drogen nimmt, der fliegt!«

Das Dokument hatte zehn Seiten. Auf Seite eins waren alle Drogen aufgeführt, die man so einnehmen konnte. An letzter Stelle stand Alkohol.

»Alkohol?«, fragte ich, »darf man hier nicht so viel saufen, wie man will?« Als ich den Satz ausgesprochen hatte, konnte ich mir ein Grinsen nicht verkneifen.

Ich schaute Dr. Budnatz an, der tat so, als hätte er meine Frage nicht gehört. Mein Vater fand meine Bemerkung auch nicht lustig, verzog keine Miene und blieb ernst.

»Machen Sie denn hier regelmäßige Drogentests?«, fragte mein Vater.

»Ja«, antwortete Dr. Budnatz, »wir führen regelmäßige Urinstichproben bei den Mittel- und Oberstufenschülern durch. Zusätzlich ist unser Erziehungspersonal mit Alkoholtestern ausgestattet.«

»Haben Sie denn hier ein Drogenproblem im Internat?«, fragte mein Vater.

»Natürlich nicht, Herr Tronberg. Vor zehn Jahren hatten wir hier ein großes Drogenproblem, mit dem mein Vorgänger nicht fertig geworden ist. Seitdem ich hier bin und Drogentests eingeführt habe, gibt es keine Drogenprobleme mehr.«

Der Internatsleiter erzählte, dass jeden Abend der Leiter der Mittel- und Oberstufe per Los bestimmen würde, welcher Schüler am nächsten Morgen die Urinprobe abzugeben habe. War das Laborergebnis positiv, so musste der Schüler das Internat sofort verlassen.

»Und wie viele werden erwischt?«, fragte ich.

Mein Vater schaute mich entsetzt an, denn die Aussagen von Autoritäten zu hinterfragen, kannte er nicht. Ich glaube, das war der wahre Grund, warum er mich aufs Internat geschickt hatte. Mein Gehorsam ihm gegenüber fand er nie ausreichend.

Anderen hatte er immer erzählt, er hätte mich aufs Internat geschickt, damit ich lernen würde, wie man richtig mit der Gemeinschaft lebt. Aber das glaube ich ihm nicht.

»Tim«, sagte Dr. Budnatz, »versuche erst gar nicht zu kalkulieren, ob du erwischt wirst oder nicht. Erwischt wird inzwischen maximal ein Schüler pro Jahr, und das nicht, weil wir zu dumm sind, um jemanden zu erwischen, nein, sondern weil es keine Drogen in diesem Internat gibt. Wenn wir jemanden erwischen, dann sind es meist Schüler, die von einem Heimfahrtwochenende zurückkommen.«

»Gut zu wissen, Herr Dr. Budnatz«, sagte mein Vater. »Verstehe mich richtig, Tim, vielleicht ist es unter diesen Umständen besser, wenn wir die geplanten Heimfahrtwochenenden erst mal verschieben, und du hier im Internat bleibst. Du weißt, wie schnell man bei uns zu Hause an Drogen kommt. Das Risiko wollen wir doch erst gar nicht eingehen.«

Nein, habe ich gedacht, das wusste ich nicht, wie schnell man an Drogen kommt. Mein Vater schien unsere örtliche Drogenszene besser zu kennen als ich. Außerdem hatte ich bis zu diesem Zeitpunkt noch nie illegale Drogen konsumiert. Aber danach hatte mich niemand gefragt.

Ich unterschrieb den Drogenvertrag und reichte das Dokument an meinen Vater weiter, der sich ebenfalls mit den Drogentests einverstanden erklären musste. Nachdem wir beide unterzeichnet hatten, erhielten wir eine Zweitausfertigung der Verträge. Ansonsten verlief die Übergabe an meine neue Autorität ziemlich apathisch ab. Das Schlusswort hatte der Internatsleiter:

»Herr Tronberg, Tim, die vereinbarten Formalitäten sind nicht mehr mit mir verhandelbar!«

Nachdem die mahnenden Worte gesagt waren, stand der Internatsleiter auf, zog seine Hose so weit wie möglich nach oben, gab meinem Vater die Hand und drückte so fest zu, bis mein Vater das Gesicht verzog. Anschließend sagte der Internatsleiter »danke schön« zu meinem Vater.

Warum er sich bei meinem Vater bedankt hatte, das konnte ich damals noch nicht wissen. Anschließend schüttelte er auch meine Hand und wünschte mir einen erfolgreichen Aufenthalt.

Wir verließen das Büro und gingen die Turmtreppen hinunter. Ich wunderte mich, dass der junge Schüler uns nicht begleitete.

Als wir den Besucherparkplatz erreichten, mussten wir feststellen, dass Dr. Budnatz recht behalten hatte. Aus dem Wind war ein Sturm geworden.

Wir hatten Mühe, das Auto zu erreichen, ohne dumm auszusehen. Wir torkelten über den Parkplatz, als hätten wir Schnaps getrunken.

Plötzlich hörte ich hinter mir ein lautes Klopfen.

Ich drehte mich um und entdeckte den Schüler aus der fünften Klasse. Er stand hinter einem Fenster, windgeschützt, grinste, hat sich kaputtgelacht, während mein Vater und ich große Mühe hatten, den Kofferraum zu öffnen. Immer wieder schlug der Sturm die Heckklappe zu. Mein Vater hielt dagegen. Als er mit beiden Händen die Heckklappe unter Kontrolle gebrachte hatte, zog ich ruckartig meinen Koffer und die große Reisetasche heraus.

Wir hatten es geschafft.

Ich schaute mich erneut um, ob der kleine Schüler noch lachte. Aber er war verschwunden. Wahrscheinlich war er wieder auf dem Weg nach oben.

Mein Vater hängte mir die große Reisetasche um den Hals, schüttelte mir die Hand und sagte: »Auf Wiedersehen.«

Wir beließen es bei dieser kurzen Verabschiedung. Er ging zum Auto, stieg ein und startete den Motor.

Ich schaute ihm eine Weile hinterher, wie er vom Parkplatz fuhr, an den Kühen und Pferden vorbei, die angeblich keinem gehörten. Dann verschwand das Auto hinter einem Hügel. Seitdem hatte ich nicht mehr viel von ihm gehört.

Nach acht Wochen ging ich zur Internatsleitung. Ich saß fast zwei Stunden im Vorzimmer, bis der Internatsleiter mich empfing.

»Und wie läuft es, Tim?«, hat er gefragt.

Wie alle Schüler, die noch nicht lange dabei waren, habe ich »gut« gesagt. Was aber nicht stimmte. Ich wollte wieder weg und hatte Heimweh.

»Du willst bestimmt wissen, warum sich deine Eltern nicht mehr so oft gemeldet haben?«, fragte Dr. Budnatz.

»Ja«, habe ich gesagt.

»Denk mal selber nach.«

Kurze Pause. Ich zuckte die Achseln.

»Die Geschäfte, die Geschäfte, Tim. Jemand muss deinen Internatsaufenthalt auch bezahlen. Vergiss nicht, das alles kostet hier 29.000 € im Jahr. Das ist sehr viel Geld für deine Eltern. Also streng dich an und enttäusche sie nicht!«

Ich habe nichts gesagt und bin gegangen.
Ein zweites Mal hatte ich nicht mehr nachgefragt.
Ich versuchte aufzuhören, mir darüber Gedanken zu machen, aber gelungen ist es mir nie.

ZWEI

Das erste Jahr war vorüber. Viel war bisher nicht passiert. Die letzten Wochen im Internat war ich sehr fleißig. Die Klausuren hatte ich einigermaßen erfolgreich überstanden, dies hatte viel Stress hervorgerufen, den ich nicht mehr loswurde. Aus der Anstrengung wurde eine schwere Last.

Als meine Eltern das erste Mal gesagt haben, dass ich aufs Internat gehen soll, meinten sie: »Wenn du gute Noten mit nach Hause bringst, tüchtig und stark bist, dann bekommst du jeden Job, den du haben willst. Dafür werden wir persönlich sorgen. Die Welt steht dir offen.«

Aber welchen Job würde ich bekommen, falls die Noten nicht gut genug sind? Wäre dann weiterhin für mich gesorgt? Vielleicht würde ich bei schlechten Noten bestraft, und man lässt mich absichtlich in ein tiefes schwarzes Loch fallen, aus dem ich es nicht schaffe, alleine herauszukommen?

Die Last »nicht gut genug zu sein« klebte an mir, als hätte jemand eine riesengroße Flasche Klebstoff über meinen Körper ausgedrückt. Ich konnte mich nicht mehr sorgenfrei bewegen und frei denken. Alles wurde so schwerfällig.

Ich öffnete mein Zimmerfenster. Es war genau zehn vor sieben. Ein kühler Luftzug blies mir ins Gesicht. Es war kalt geworden. Der heiße Sommer hatte sich end-gültig verabschiedet und der Herbst war da. Die Blät-ter an den Bäumen waren schon alle bunt geworden, überall sah man eine bräunlich-gelbliche Verfärbung. Viele Bäume hatten sich von ihren Blättern bereits ge-trennt, um zu überleben. Auch ich hatte mich mittler-weile innerlich von meinen Eltern getrennt, weil sie meine Nachrichten nicht alle beantwortet hatten.

Ben hat gesagt, ich sollte »dranbleiben« und nicht aufhören, den Kontakt zu suchen. Aber vielleicht war es jetzt ganz gut, in dieser Angelegenheit mit der Natur zu gehen und die schwere Last abzuwerfen.

Die Schulklingel läutete zum zweiten Mal. Es war fünf Minuten vor sieben. Ich bewegte mich barfuß durch mein Zimmer. In fünf Minuten gab es Frühstück im Speisesaal. Der Laminatboden war kalt. Es gab lei-der keine automatisch gesteuerte Fußbodenheizung, sondern nur einen alten Heizkörper im Zimmer, der sich nicht richtig aufdrehen ließ.

Auf meinem kleinen Holzschreibtisch lag die Schul-uniform für den heutigen Tag. Eine gebügelte dunkel-blaue Hose, und dazu ein dunkelblaues Jackett mit der Wäschenummer 221 im Nacken.

Wir hatten alle die gleiche Anzahl an weißen Unter-hosen, Hemden und Socken etc. Wir waren nur unter-schiedlich durchnummeriert.

Mit einer eintrainierten Routine zog ich die Schuluni-form an.

Zu Beginn meiner Internatszeit fand ich den Stoff der Anziehsachen noch unerträglich. Alles kratzte. Ich machte dann immer den Kleiderschrank auf und blickte auf meine eigene kleine Lieblingskollektion, die ich mit ins Internat gebracht hatte, aber nicht anziehen durfte, und hoffte auf bessere Zeiten. Aber irgendwann begann ich, mich an die kratzenden Unterhosen, Unterhemden und Pullover zu gewöhnen. Das Kratzen wurde weniger. Nur den gestrickten Pullover mit V-Ausschnitt konnte ich nicht ertragen. Schon beim Anziehen bekam ich Gänsehaut. An den Unterarmen und Achselhöhlen lag er besonders eng auf. Ich zog zwar immer ein Unterhemd darunter, aber das half nichts. Ich war den ganzen Tag über schlecht gelaunt und aggressiv. Nach der Internatszeit habe ich keine Pullover mehr mit V-Ausschnitt getragen.

Plötzlich stieß jemand meine Zimmertür auf.

»Tim, beeil dich. Wir müssen zum Frühstück!«, rief Ben und stand schon mitten im Zimmer.

»Kannst du nicht anklopfen?«, fragte ich.

»Warum sollte ich?«

»Weil es sich so gehört, außerdem steht es in der Hausordnung«, erwiderte ich.

Neben meinem Bett stand ein kleiner Nachttisch aus hellem Holz. Bevor ich schlafen ging, legte ich dort immer meine teure Armbanduhr ab.

Ich nahm die Armbanduhr vom kleinen Nachttisch und platzierte sie auf meinen linken Unterarm. Das Umbinden war mit drei schnellen Handbewegungen erledigt. Ich überprüfte, ob die Uhr am Handgelenk den optimalen Spielraum hatte und steckte den kleinen Finger zwischen Gehäuserückseite und Handgelenk. Das schwarze Lederarmband saß perfekt.

Meine Uhr war für mich etwas sehr Besonderes, Ausdruck meiner Individualität, etwas, was mich irgendwie am Leben hielt. Ich schaute auf den Sekundenzeiger, wie er sich rhythmisch im Kreis bewegte, immer weiter, unaufhaltsam, ohne zu stoppen. Eine Verlässlichkeit, die mir guttat.

Ich legte mein linkes Ohr an die Uhr und hörte, wie der Sekundenzeiger ein ganz leichtes und sanftes Geräusch machte.

…tick-tack, tick-tack.

Die Zeit schritt voran.

Ich lebte.

Nur sehr wenige Menschen besitzen eine Uhr, die fünftausend Euro wert ist. Ich war einer von ihnen.

»Tim, wir müssen los!«

Ich schob den linken Hemdärmel über die Uhr, bis das Ziffernblatt nicht mehr zu sehen war, und zog mein Sakko an.

»Komm, Ben, ich bin so weit. Wir können gehen!«

DREI

Wenn Ben gefragt wurde, wo sein Zuhause ist, dann hat er immer »Blankenese« geantwortet. Ein nobler Stadtteil von Hamburg – und einer der reichsten, wo die Elite wohnt. Und Ben zählte sich dazu. Aber das stimmte nicht.

Die Wahrheit war, Ben wohnte in einem Vorort von Blankenese. Er hatte den Namen nur einmal erwähnt, als er offiziell bei der Internatsanmeldung danach gefragt wurde.

Ben kam aus einfachen Verhältnissen. Nix mit Elite und so. Er hat nie dazugehört.

Ben hat einen älteren Bruder und eine jüngere Schwester, die alle in Hamburg auf eine ganz normale, staatliche Schule gingen. Ich glaube, mit dem älteren Bruder stimmte was nicht. Er hat nie so richtig darüber gesprochen. Weder seine Eltern noch seine Geschwister habe ich jemals kennengelernt. Zwar wurde ich von Ben mehrmals eingeladen, ihn und seine Familie in Hamburg zu besuchen, aber ich sah darin keinen Sinn. Was sollte mir das bringen? Bens Familie gehörte halt nicht dazu, und Ben war kein richtiger Auserwählter, also waren sie für mich nicht interessant. Zuviel Nähe hätte meinem guten Ruf eventuell schaden können.

Ben hatte mir mal ein Foto von seinem Familienhaus gezeigt. Das Haus gehörte zwar ihnen, aber sie lebten da nicht alleine drin. Ich glaube zu wissen, dass in ihrem hübschen Haus noch drei andere Familien zur Miete wohnten.

Bens Vater war Ingenieur auf einem Schiff. Er war für die ganze Schiffstechnik verantwortlich. Da durfte nichts schiefgehen.

Ben hat ihn nur sehr selten gesehen. Wenn er mal Heimfahrtwochenende hatte, dann war sein Vater meist auf See.

Ben hat gesagt, seine Eltern wünschten sich, dass er auf dem Internat den letzten persönlichen Schliff fürs Leben bekommt, damit aus ihm ein erfolgreicher Geschäftsmann wird und er die Fähigkeit entwickelt, in der Gesellschaft zu überleben, als ein Teil der Elite. Ein bisschen mehr Pünktlichkeit, Disziplin und Verantwortungsbewusstsein würden ihm nicht schaden.

Ich habe gedacht, genau das sind die Tugenden, die sich Eltern von ihren Kindern so wünschen und heimlich erträumen, wenn sie ihre Kinder auf ein Internat schicken und viel Geld dafür bezahlen.

Nur wir durften unser Leben nie träumen. Das war der Deal zwischen unseren Eltern und der Internatsleitung.

Alle zwei Wochen fuhr Ben übers Wochenende nach Hause. Freitagnachmittag packte er seine Klamotten und schlich sich heimlich davon. Ben erzählte jedes Mal, dass ein Bekannter der Familie ihn abholen würde. Aber wer der Typ genau war, das habe ich nie erfahren.

Ich blieb häufig übers Wochenende im Internat.

Sonntagabend, pünktlich um halb zehn, war er dann wieder zurück. Er klopfte kurz an meine Tür und wir gingen in sein Zimmer. Viel Zeit zum Quatschen blieb uns nicht mehr, maximal dreißig Minuten, dann war Bettruhe.

Als wir auf dem Bett saßen, legte Ben sofort los. Heute war er besonders aufgeregt und hörte nicht auf zu erzählen. Er war innerlich total aufgelöst und seine Stimme überschlug sich mehrfach.

Ab und zu konnte ich seine Zunge sehen, wie sie beim Erzählen kurz aus dem Mund herauskam, über die Lippen strich und sie feucht machte und wieder im Mund verschwand.

»Nun mach mal langsam, nicht so schnell«, versuchte ich, Ben zu beruhigen, »ich komme ja fast kaum mit.«

Die Geschichte, die er erzählen wollte, war noch nicht verarbeitet. Die Worte, die er benutzte, waren nicht abgewogen. Halbsätze flogen verstreut im Raum herum und mussten neu eingefangen und zusammengesetzt werden, damit seine Geschichte einen Sinn ergab.

Plötzlich zog er die Matratze ein kleines Stückchen nach oben, holte eine Zigarettenpackung hervor, öffnete das Fenster und zündete sich eine Zigarette an.

»Was ist passiert?«, fragte ich.

Ben zog ein kleines Plastiktütchen aus der Zigarettenpackung heraus, schmiss die Kippe aus dem Fenster und setzte sich wieder aufs Bett.

»Das ist passiert«, sagte er.

Auf der Tüte war ein Kleeblatt-Symbol drauf. Ich wusste sofort, was drin sein musste.

»Marihuana«, flüsterte ich.

»Hasch«, flüsterte Ben zurück.

»Ich glaub es einfach nicht. Du hast deine Aufgabe tatsächlich geschafft. Respekt!«

Ben nickte und stand wieder auf, schaute aus dem offenen Fenster, runter in die zweite Etage und hoch in die vierte. Er wollte absolut sichergehen, dass uns keiner zuhörte.

»Ich habe doch gesagt, ich kriege das hin. Du wolltest mir ja nicht glauben«, antwortete Ben.

»War es schwierig, an das Zeug zu kommen?«

»Überhaupt nicht«, antwortete Ben. »Reeperbahn, verstehst du? Da ist alles möglich! Aber ohne sehr gute Kontakte geht sowas nicht.«

Ich forderte Ben auf, das Fenster wieder zu schließen und sich hinzusetzen, aber er schüttelte den Kopf und griff hinter das Wandbücherregal. Er zauberte einen fertig gedrehten Joint hervor, zündete ihn an und zog dran. Nun stand auch ich auf und ging zum Fenster. Gegenseitig drückten wir uns den Joint in die Hand und rauchten ihn bis zur Hälfte, gleichzeitig grinsten wir uns an. Dann versuchten wir Rauchringe zu machen. Das hat aber nicht funktioniert.

Anschließend setzten wir uns wieder aufs Bett. Ben rutschte nach hinten, bis sein Rücken gegen die Wand stieß, dann zog er seine Beine vor den Brustkorb und hielt sie mit beiden Händen festumschlungen und starrte auf die gegenüberliegende weiße Wand.

»Der absolute Wahnsinn«, begann Ben zu erzählen, »ich sag dir, wer in seinem Leben noch nie auf der Reeperbahn war, der kennt das wahre Leben nicht. Weißt du, es war elf Uhr nachts, als wir auf dem Weg zur Reeperbahn waren, alles um uns herum war stockdunkel. Jede zweite Straßenlaterne war kaputt. Wir näherten uns der Reeperbahn von einer stillen Nebenstraße her. Wir wussten nicht, wo wir uns genau befanden. In den Seitengassen war überhaupt kein Leben. Alles wirkte ausgestorben. Keine Menschenseele war zu sehen. Totenstille! Aber es war eine explosive, geheimnisvolle Stille, die ich spürte. Spannung pur! Jeder von uns glaubte, den Weg zu kennen, aber so richtig sicher war sich keiner. Aber wir alle wussten, gleich irgendwann ist es mit der Stille vorbei, dann geht es mit dem aufregenden Leben endlich los. Du weißt, was da abgeht, du hast schon davon gehört, aber du hast es noch nicht wahrhaftig selbst gespürt.

Wir gingen an einer heruntergekommenen Häuserwand entlang. An der nächsten Häuserecke bogen wir rechts ab, und dann ist es tatsächlich passiert, plötzlich und völlig unerwartet waren wir mitten auf der Großen Freiheit.«

Auf einmal sprang Ben auf und hüpfte voller Begeisterung im Zimmer herum, kam mir ganz nahe und rüttelte an meinen Schultern: »Verstehst du, Tim, Große Freiheit!!!«

Ben nahm den angerauchten Joint aus dem Aschenbecher und zündete ihn an. Wir rauchten den Joint zu Ende. Das Zeug duftete frisch und angenehm. Ein neuer Duft im Internat, der neugierig machte. Nun wussten wir endlich, was dahintersteckte.

Ben machte das Fenster zu und wir setzten uns schnell wieder aufs Bett.

»Jetzt erzähl schon weiter!«, sagte ich.

»Weißt du, absolute Stille in den Nebenstraßen und dann biegst du ab, hinein in eine unüberschaubare Menschenmasse, die dir plötzlich entgegenkommt. Sie ist laut, fröhlich, betrunken, angeheitert, euphorisch, geil gemacht von hübschen Frauen. Überall Titten. Die Frauen stehen halb nackt vor den Lokalen. Oder lachen nackt von riesigen Werbeplakaten hinab, genau in dein Gesicht, und du denkst, ja, die meint mich, dich ganz allein lacht sie an. Sie will dich! Innerhalb von wenigen Sekunden wirst du in eine andere Welt hineingezogen. Die laute Musik dröhnt in deinen Ohren, sie gibt dir einen zusätzlichen Kick, den du gerne mitnimmst. Du verschwindest in dieser Menschenmasse, wirst Teil von ihr. Du lässt dich verführen, weil du es in diesem Moment so willst.«

Ben erzählte wie im Rausch, als ob er jeden einzelnen Schritt, den er auf der Großen Freiheit tat, jede kleinste Emotion, die er damals spürte, noch mal durchlebte.

Er redete gegen die weiße Wand in seinem Zimmer. Sie wurde für ihn eine Art Kinoleinwand, wo sich gerade sein Film abspielte. Ben war der Regisseur und beschrieb seinem Publikum, was er sah.

»Und dann gingen wir das erste Mal in einen Puff. Am Eingang drängelten sich schon viele neugierige Menschen. Junge Menschen und alte, Arm und Reich, fein angezogene Menschen mit Schlips und Kragen, Jeansträger mit T-Shirt und harte Rocker. Alle waren sie friedlich beieinander. Alle wollten sehen, was drinnen abging. Jeder wollte einen kostenlosen Blick erhaschen. Wir drängelten uns nach vorne und gingen rein. Der Gang war mit rotem Licht ausgeleuchtet. Zuerst war von den Nutten nichts zu sehen. Dann gingen wir eine Etage höher. Ein langer Flur mit vielen Türen. Dann sahen wir die Nutten. Sie saßen vor den Zimmertüren, leicht bekleidet auf einem Barhocker. Als wir an ihnen vorbeigingen, winkten sie uns heran und sprachen uns an: ›Is was, mien Jung?‹ oder ›Komm rein, mein Kleiner‹ Oder ›Willst du vielleicht etwas Spaß mit mir haben?‹ Ich bekam riesiges Herzklopfen und bin weitergegangen. Dann ist die Nutte mir hinterhergelaufen. ›Schatzi, keine Lust?‹, hat sie gefragt und nach meinem Arm gegriffen.«

»Und hattest du Lust?«, fragte ich Ben.

»Natürlich hatte ich Lust. Aber was sollte ich denn machen, ich war ja nicht alleine unterwegs. Ansonsten, ich schwörs dir, Alder! Ich hätte sie gefickt! Stundenlang! Ehrlich, Digger! Genauso war`s.«

Die Bettruhe begann in wenigen Minuten, und bis dahin musste ich in meinem Zimmer sein. Aber bevor ich rüberging, gaben wir uns die Hand und schworen uns, irgendwann, wenn die Internatszeit vorbei sein sollte, gemeinsam die Reeperbahn zu besuchen. Und dann alles zu ficken, was uns über den Weg läuft.

Ben hob die Matratze an und versteckte das Päckchen Hasch zwischen Lattenrost und Bettrahmen.

Der nächste Morgen, fünf Minuten vor sieben. Plötzlich stieß jemand meine Zimmertür auf und stand mitten im Raum.

»Tim, beeil dich. Wir müssen zum Frühstück!«

Mit einem Kleiderbügel, der aus massivem Holz gefertigt war, schlug ich Ben von hinten auf den Kopf. Er schrie, zuckte schmerzhaft zusammen und drehte sich um. Eine kleine, blutige Platzwunde tat sich auf.

»Bist du bescheuert?«, schrie Ben.

»Das ist die Strafe, die du verdient hast!«, schrie ich Ben an.

»Scheiße, Alder! Das tat richtig weh. Verdammt, ich blute«, schrie Ben, griff sich an den Hinterkopf und zeigte mir das Blut, das an seinen Fingern klebte.

»Dann halte dich ab sofort wieder an meine Anweisungen und klopfe an, und warte so lange draußen vor der Tür, bis ich dich hineinrufe.«

»Ist ja schon okay«, murmelte er.

Manchmal war es notwendig, Ben daran zu erinnern, in welchem Verhältnis wir standen. Damit er das kapierte, musste ich ihm hin und wieder auch mal wehtun. Aber ansonsten waren wir echte Freunde.

Ben kam ein Jahr später als ich aufs Internat. Als er begann, sich zurechtzufinden, da kannte ich schon die Regeln. Ich wusste, wie die Sache hier zu laufen hat.

Viele kamen mit dem Gefühl aufs Internat, von den eigenen Eltern abgeschoben worden zu sein, auch wenn uns jedes Mal erzählt wurde, das würde nicht stimmen. Trotzdem hatten wir das Empfinden, zu Hause lästig zu sein. Nach kurzer Zeit bekamen wir alle eine Phase des Heimwehs. Das war bei mir so, und bei Ben wird es auch nicht anders gewesen sein.

Klar, Ben ist ein ganz netter Kerl, lustig und hilfsbereit. Er wollte es immer allen recht machen.

Everybody`s Darling.

Er kam mit der naiven Idee aufs Internat, er könnte hier seinen Charakter genauso ausleben wie zu Hause. Einfach so sein, wie man wirklich ist. Und alle Rechte, die er draußen hatte, würden hier auch gelten. Aber so läuft das hier nicht. Du musstest dir deine Rechte auf dem Internat als Neuankömmling erst verdienen.

Es sei denn, du bist der älteste Sohn einer traditionsreichen Familie, dann haben alle automatisch Respekt und Anerkennung für dich übrig. Wir hatten mal einen Diktatorensohn in unserem Internat, davon durfte die Öffentlichkeit aber nix wissen. Der hatte es ziemlich einfach hier, besonders mit der Internatsleitung. Wir dagegen haben uns gegenseitig oft nichts geschenkt, wenn es um Anerkennung und Respekt ging. Wer nicht gläubig war und das gesagt hatte, der hatte es noch viel schwerer hier. Ben kannte die ungeschriebenen Regeln noch nicht. Das hat er dann auch zu spüren bekommen. Und niemand klärte ihn auf. Das war das Spiel, das wir hier spielten.

Es geschah an einem Samstag, wo alle Schüler im Internat bleiben mussten.

Das große Fußballturnier stand an. Das war der Tag, an dem Ben als Fußballspieler wieder hätte glänzen können. Er war der beste Fußballspieler seines Jahrgangs. Der Neuankömmling, der neue Mittelstürmer, der viele Tore schoss, und nach kurzer Zeit zum neuen Torschützenkönig aufgestiegen war. Deshalb war Ben bei den anderen auch so beliebt, ja, ich muss sagen, so sehr beliebt, dass ich schon etwas neidisch auf ihn war, und nicht verstehen konnte, wie fürsorglich er als Neuankömmling von den anderen Mitschülern aufgenommen wurde. Ich hatte es da wesentlich schwerer gehabt. Ich bin kein schlechter Mensch, aber jeder sollte gleich beliebt sein.

Ben war auf dem Weg zur Sporthalle.

Als er die Umkleidekabine betrat und sich umschaute, wurde es schlagartig still. Alle hörten auf zu reden und blickten ihn komisch an. Er spürte, irgendetwas war heute anders als sonst.

Ben wirkte unsicher und ging zu seinem Spind, wie er es immer tat. Wie jeder andere Fußballspieler auch hatte er einen eigenen. Dort bewahrte er seine gesamten Sportsachen auf. Als Ben versuchte, seinen Spind aufzuschließen, stellte er fest, dass das Vorhängeschloss aufgebrochen war. Die Schranktür war leicht angelehnt. Langsam öffnete er den Spind und blickte hinunter.

Auf dem Boden lagen seine teuren Fußballschuhe. Das Wertvollste, was Ben besaß. Beim Einzug ins Internat hatte er sie von seinen Eltern geschenkt bekommen. Er hob einen der beiden Fußballschuhe auf und hielt ihn in seinen Händen. Der Fußballschuh war in der Mitte komplett durchgeschnitten worden. Der vordere Teil des Fußballschuhs fehlte.

Ben blickte in die Runde. Alle starrten ihn an.

»Weiß jemand, wer mir das angetan hat?«, fragte Ben.

Die Gruppe schwieg und wir alle schüttelten die Köpfe.

Ben zog seine Augenbrauen zusammen, auf seiner Stirn bildeten sich düstere Falten, sein Gesicht wurde rot. Seine Augen wurden schmal und glasig.

Er schaute jeden von uns an, hinein in unsere Gesichter, anschließend auf unsere Hände. Er hoffte darauf, den Täter auf frischer Tat ertappen zu können.

Vielleicht hielt der Verbrecher noch immer das Messer oder die Schere in der Hand, womit er den Fußballschuh zerschnitten hatte?

Ben schien nachzudenken.

Oder der Täter hatte vom Aufbrechen und Schneiden schmutzige Finger bekommen?

Keiner von uns rührte sich oder gab Anlass zu einem Verdacht.

Ben nahm den zerschnittenen Fußballschuh, verließ die Umkleidekabine und rannte rüber zum Turm. Er redete mit der diensthabenden Aufsicht.

Als er nach zehn Minuten wieder rauskam, stand ich vor dem Turmeingang und fing ihn ab.

»Und was hat er gesagt?«, fragte ich.

»Nichts.«

»Nun sag schon. Irgendetwas muss er doch zu dir gesagt haben?«

»Bazek ist halt ein Arschloch«, sagte Ben, »ich sollte nicht so übertreiben und mir nicht alles so zu Herzen nehmen.«

Ben war am Boden zerstört. Er schien mit allem gerechnet zu haben, nur nicht mit dieser Antwort der diensthabenden Aufsicht. Er sah einsam und verlassen aus. Niemand half ihm, die Situation zu klären, ihn bei der Suche nach dem Täter zu unterstützen. Alles um ihn herum wurde plötzlich unüberschaubar.

Ben brauchte mich jetzt.

»Haben die anderen noch was gesagt?«, fragte er.

Ich erzählte, dass seine Mitspieler zu dem Verbrechen, so wie er es nannte, nichts sagen konnten.

Ben meinte, vielleicht sei ihnen verboten worden, über die Sache zu sprechen. Er war sich nicht sicher.

Ich sagte, dass solch ein Vorhängeschloss nur mit einem Bolzenschneider aufzubrechen sei.

Eigentlich hätte dann jemand etwas gesehen haben müssen, sagte Ben, denn ein Bolzenschneider wäre nicht klein, den trage man nicht unbemerkt in der Hand herum.

Ich meinte, andererseits könnte man so ein Werkzeug auch gut in einem Rucksack verstecken, ohne dass andere es bemerken.

Ben überlegte und meinte: »Vielleicht hat der Täter den Bolzenschneider von zu Hause mitgebracht und auf seinem Zimmer versteckt?«

»Oder der Täter hat das Werkzeug aus der Schulwerkstatt gestohlen?«, fügte ich hinzu.

Ben schaute mich an, ich schaute Ben an.

»Und dann müsste der Bolzenschneider dort jetzt fehlen!?«, sagte Ben.

Wir rannten rüber zur Schulwerkstatt. Neben der Werkstatt stand ein alter Schuppen, in dem alle Werkzeuge und Gartengeräte gelagert wurden. Die morsche Schiebetür wurde vom Lehrpersonal immer abgeschlossen. Ohne Erlaubnis kam hier niemand rein.

Wir hatten Glück. Ein Lehrer war gerade in der Werkstatt und räumte auf.

»Guten Tag, Herr Mecht«, sagte Ben.

»Guten Tag, Jungs. Was gibt es?«

»Können wir kurz mal nachschauen, ob hier im Schuppen ein Bolzenschneider fehlt?«

»Wieso? Was ist denn passiert?«

»Ach, jemand hat meinen Spind aufgebrochen«, sagte Ben, »und meinen Fußballschuh zerschnitten.«

Ben zeigte den zerschnittenen Fußballschuh.

»Unfassbar«, sagte Herr Mecht, »aber ihr glaubt doch nicht, dass das mit meinem Werkzeug passiert ist?«

Ben zuckte mit den Schultern.

»Aber wenn doch, schaut halt nach, wenn ihr wollt.«

Wir gingen zur Werkzeugwand. An der Wand hingen alle Werkzeuge, streng säuberlich getrennt nach Werkzeugart und Funktion. Lehrer Mecht kam ebenfalls hinzu und zählte alle Werkzeuge durch. Dann gab er das Ergebnis bekannt.

»Alles da, nichts fehlt. Da hängen unsere beiden Bolzenschneider. Mehr haben wir nicht. Auch sonst fehlt hier kein Schneidewerkzeug«, sagte er.

Ben nahm die beiden Bolzenschneider von der Wand und durchsuchte sie nach Spuren. Vielleicht befanden sich Lederreste an der Schneide, und er hätte endlich einen Beweis.

»Und?«, fragte der Lehrer.

»Da ist nichts zu sehen«, sagte Ben.

Enttäuscht verließ Ben den Geräteschuppen, und wir gingen wieder zur Sporthalle.

Auf dem Rückweg sagte er kein einziges Wort.

Langsam wurde ihm bewusst, was er auf dem Internat zu erwarten hatte. Er wusste jetzt, dass er hier nicht so beliebt war, wie er gedacht hatte.

Ben kam mit der neuen Situation nicht klar. Als wir uns nach der Internatszeit noch einmal getroffen hatten, da waren wir einundzwanzig, war die Tat noch immer nicht vergessen.

Wir saßen in einem Lokal und hatten uns etwas zu trinken bestellt, als plötzlich am Nachbartisch das Wort

»Fußballschuh« fiel. Ben erschrak, zuckte zusammen und lauschte heimlich dem Gespräch. Er spitzte seine Ohren und hoffte darauf, die Täter von damals endlich überführen zu können. Aber dann fiel er in sich zusammen und realisierte, dass er die Personen, die am anderen Tisch saßen, gar nicht kannte und niemals zuvor gesehen hatte.

Seit dem Vorfall mit dem Fußballschuh wurde Ben nie wieder Torschützenkönig des Internats. Auch in der Spielführung zeigte er nicht mehr die selbstbewusste Figur wie zuvor.

Was blieb, war seine Dankbarkeit mir gegenüber, weil ich ihm damals meine Fußballschuhe schenkte, und er am Fußballturnier doch noch teilnehmen konnte.

Jeder spielte auf dem Internat eine zugewiesene Rolle nach einem ungeschriebenen Kodex. Ben hatte von nun an die Regeln zu akzeptieren.

Und ich half ihm dabei.

Eine Woche später stand Ben mit anderen Schülern zusammen und redete über mich. Ich lauschte dem Gespräch und hörte ihn sagen: »Tim und ich verstehen uns blind. Ich muss gar nicht zu Ende denken. Tim weiß genau, was ich sagen will. Er kann meine Sätze für mich vollenden.«

So begann unsere Freundschaft.

VIER

Ich war ein Millionärskind. Wir hatten einige Millionen auf dem Konto, was später alles mir gehören sollte.

Mein Vater war ein sehr strenger Mensch. Er hatte seine festen, unverrückbaren Regeln. Ich sollte immer das tun, was mir gesagt wurde. Meistens hielt ich mich daran. Ansonsten gab es kein Taschengeld.

Sieben Tage die Woche war er unterwegs, rund um die Uhr hat er gearbeitet, damit das Geld hereinkam.

Wir konnten uns alles leisten, was man sich vorstellen kann.

Jeden zweiten Samstagabend im Monat, so zwischen sechs und sieben Uhr, kamen Geschäftsleute meines Vaters zu Besuch. Ich musste dann jedes Mal anwesend sein. Meine Mutter begrüßte den Besuch an der Haustür und führte die Gäste ins Wohnzimmer. Dort wartete ich bereits mit meinem Vater. Ich stand neben ihm und hielt ein Tablett mit Kognakgläsern in den Händen.

Ich wurde dann immer mit »das ist mein ganzer Stolz« vorgestellt. Anschließend wurde mir die obligatorische Frage gestellt, wie ich denn heißen würde.

»Tim«, habe ich dann immer geantwortet. So hieß ich ja schließlich.

Ich hatte meinen Vater mal gefragt, ob es nicht möglich wäre, mich direkt mit meinem Vornamen vorzustellen. Da hat er »nein« gesagt.

Sobald alle Gäste am Tisch saßen, servierte meine Mutter das Abendessen. Oft wurde sie in der Küche von einem fernsehbekannten Profikoch unterstützt. Während des Essens wurde nicht viel miteinander geredet. Ich saß wie ein richtiger Geschäftsmann mit am Tisch - mit Anzug und Krawatte. So wurde ich in die Gesellschaft eingeführt und kam mir total wichtig vor.

Meistens bestand die private Businessrunde aus vier bis fünf Personen. Wolfgang und Erik, beide Vorstandsvorsitzende, waren regelmäßig dabei. Der Rest der Gruppe wechselte ständig. Bei jedem Treffen kamen neue Geschäftsleute hinzu und verschwanden wieder. Oft habe ich sie nur einmal gesehen.

Nach dem Essen wurden Zigarren und Whisky an alle verteilt.

»Du auch eine Zigarre?«, fragte mich Wolfgang.

Ich hatte »selbstverständlich« geantwortet.

Beim Whisky wurde ich gar nicht erst gefragt. Da hieß es nur: »Hier dein Whisky, Tim.«

Diejenigen, die das erste Mal dabei waren, erzählten immer Geschichten von ihren Frauen und Kindern.

Einer sagte: »Guck mal hier, Tim.«

Er drückte mir sein Smartphone in die Hand und ich guckte aufs Display.

»Das ist mein Sohn. Der ist genauso alt wie du«, hat er gesagt. Er erzählte, sein Sohn sei sehr intelligent und würde aufs Internat gehen. »Du doch nächstes Jahr auch, oder?«

Mein Vater schaute mich an und nickte.

»Ja«, habe ich gesagt, »ich auch.«

Das wäre prima, hat er gesagt, denn seitdem sein Sohn auf dem Internat wäre, hätten sich seine Schulnoten erheblich verbessert.

»Klasse«, sagte ich, »das freut mich.«

Aber das stimmte nicht. Es war mir egal.

Er hörte nicht auf zu reden und sagte, er wäre sehr stolz auf seinen Sohn. Schon mit vierzehn Jahren hätte er sein eigenes Unternehmen gegründet. Sein Sohn wäre jetzt dabei, den internationalen Strommarkt zu revolutionieren. Mit Biomist. Dann hat er noch gesagt, er könne sich sehr gut vorstellen, mich zum Vize-Geschäftsführer zu ernennen.

Ich antwortete nicht und nahm mir einen guten Schluck Whisky. Dann hat er mich gefragt, was ich von dem ganzen Biomist halten würde.

Ich schaute ihn an, und er schaute mich an.

Er fügte hinzu, sein Sohn und ich könnten zusammen sehr viel Geld verdienen. Millionen. Ob mich der Biomist denn nicht interessieren würde?

Da habe ich »nein« gesagt.

Als er weiterreden wollte, hat plötzlich ein anderer gesagt: »Guck mal hier, Tim. Das ist mein Sohn. Der sieht doch sehr gut aus, oder?«

Erik meinte sofort, was das denn für eine Frage wäre. Tim sei ja schließlich nicht schwul. »Oder doch, Tim?«, fragte Eric.

Für einen kleinen Moment wurde es mucksmäuschenstill am Tisch. Alle starrten mich an. Mein Vater nahm sein Glas und trank den Whisky auf »ex«.

Ich habe gesagt, mir wäre nicht bekannt, dass ich schwul sei, und hätte auch nicht die Absicht, es zu werden.

Mein Vater nahm ein weiteres Glas vom Tablett, nickte zufrieden in die Runde und trank seien Whisky erneut auf »ex«. Meine Antwort schien ihn sehr erleichtert zu haben.

Bis zum Ende der Businessrunde, die jedes Mal kurz vor Mitternacht endete, blieb ich nie im Wohnzimmer sitzen.

Oft verabschiedete ich mich nach der ersten Zigarren- und Whiskyrunde und ging auf mein Zimmer, hoch in die zweite Etage.

»Nimm doch den Aufzug, Tim!«, schrie mein Vater.

»Nein«, murmelte ich leise vor mich hin.

Ich hatte den Aufzug noch nie benutzt und werde es auch niemals tun.

Wenn es unten lauter wurde und ein Streit ausbrach, wie es an diesem Abend geschah, ging ich heimlich auf den Flur und lauschte den Gesprächen.

Von der zweiten Etage hatte ich einen guten Überblick übers Wohnzimmer.

In der Runde war von einem »Henry« die Rede. Angeblich würden die Mitarbeiter seine Anweisungen immer falsch verstehen und danach bräche im Unternehmen Chaos aus. Wolfgang machte eine Gleichung auf, »je länger das Personal mit Henry zusammenarbeitet, desto größer das Chaos«.

»Der fährt mir den ganzen Laden gegen die Wand! Der kann nix! Der muss raus! Weg mit dem!«, schrie Wolfgang.

Ich zuckte kurz zusammen. Ab diesem Zeitpunkt bestand mein Antrieb darin, es der Welt zu zeigen.

Nie sollte jemand anderes entscheiden, wie es in meinem Leben weitergeht, schon gar nicht hinter meinem Rücken. Mein Ziel war klar definiert. Ich musste selbst Teil einer machtvollen Gruppe werden und Kontrolle über alles haben, bevor es andere tun. Wolfgang beruhigte sich zwar wieder, aber er blieb kompromisslos und wiederholte, dass Henry in seinem Unternehmen nichts mehr zu suchen hätte. Es war nicht das erste Mal, dass Wolfgang sich in der Männerrunde über sein Personal beschwert hatte. Eigentlich gab es so gut wie keine Treffen, wo nicht über die Unfähigkeit der Mitarbeiter diskutiert wurde.

»Okay«, sagte mein Vater, »dann rede ich noch mal mit Henry.«

Wolfgang hat gesagt, das hätte er schon tausendmal gehört, aber es hätte nichts gebracht.

»Der muss jetzt endgültig raus!«, schrie er.

Die Gruppe machte deutlich, dass das nicht so einfach ginge, denn schließlich wäre Henry einer von ihnen. Also könnte er nicht so schlecht sein, wie Wolfgang es geschildert hatte, meinte Eric.

»Oder willst du etwa sagen, die Gruppe hätte sich geirrt?«, fragte mein Vater.

»Nein«, antwortete Wolfgang mit leiser Stimme, »so war das natürlich nicht gemeint.«

Jedenfalls war die Gruppe sich einig, dass eine gemeinsame Lösung gefunden werden musste. Im Unternehmen von Wolfgang konnte Henry nicht bleiben, das war klar. Aber niemand anders in der Runde wollte ihn haben. Und entlassen könne man den Henry auch nicht, so Eric, denn schließlich sei er CFO. Plötzlich kam ihm eine Idee. Er sagte, er würde einen Seilbahnbesitzer in Österreich kennen. Alle wussten, dass Eric ein begeisterter Skifahrer war, jedes Jahr nach Österreich fuhr und dort gut vernetzt war.

»Der Seilbahnbesitzer, den ich persönlich kenne, hat noch keinen CFO«, sagte Eric, »den werde ich schon überreden. Wenn ich ihm erst mal die Vorteile von einem CFO klargemacht habe, dann sagt der bestimmt nicht Nein.«

Die Gruppe nickte. Darüber hinaus gäbe es in diesem Skigebiet nicht viele Skifahrer, die zu rechnen wären, so Eric. Die Aufgabe, die Henry zu bewältigen hätte, wäre damit nicht allzu schwer und überschaubar.

So wurde es dann auch einstimmig beschlossen. Aber die Lösung hielt nicht lange.

Irgendwann fragten mich meine Eltern, ob wir nicht mal Urlaub in der Schweiz machen sollten, wandern gehen. Sie würden da jemanden kennen, der in einer Berghütte als CFO arbeiten würde.

Wir hätten das Privileg, umsonst in der Hütte übernachten zu können. Nebenbei könnte ich von einem CFO »schnelles Rechnen« lernen.

Da habe ich gesagt, ich hätte kein Interesse. Außerdem habe ich für Verlierer nichts übrig.

FÜNF

Ben und ich gingen die Treppenstufen hinunter, raus in die morgendliche Kälte.

Der Wind war frostig. Die leichten Kopfschmerzen, die ich hatte, waren schnell weg. Ich atmete tief ein und spürte, wie die kalte Luft in meine Lunge eindrang.

Der Speisesaal, wo es Frühstück, Mittagessen und Abendessen gab, lag annähernd zweihundert Meter von unserer Schlafunterkunft entfernt.

Wir mussten jeden Morgen den Pausenhof durchqueren, ein grüner Schulgarten mit Sträuchern und einem kleinen Gemüsegarten.

Zu Beginn meiner Internatszeit verbrachte ich die Pausen oft alleine, saß auf der Parkbank und beobachtete meine Mitschüler, mit wem sie redeten und was sie so taten.

Direkt neben dem Speisesaal befand sich das Bibliotheksgebäude mit integriertem Ruheraum zum stillen Lernen. Kein einziges Wort durften wir dort sprechen.

Wenn wir Gruppenarbeit hatten, mussten wir in einen anderen Raum gehen.

Ich öffnete die Flügeltür zum Speisesaal. Der alte Parkettboden verlieh dem Raum etwas Traditionelles. An der Decke hing ein kolossaler Kronleuchter. Irgendetwas aus dem vorherigen Jahrhundert oder so. Die Wände waren in Weiß gestrichen. Die Rückwand war mit bunten Farben und Gesichtern von Berühmtheiten bemalt worden.

An jedem Essenstisch, die aus schlichtem Holz hergestellt waren, konnten maximal vier Personen sitzen, zwei auf jeder Seite.

Es gab niemals Streit untereinander, wer mit wem an einem Tisch saß, keine vorgegebene Sitzordnung. Aber dass ältere und jüngere Schüler zusammenhockten, das war nie der Fall. Wenn sich eine Tischgruppe gefunden hatte, wurde sie nicht mehr infrage gestellt. Auch von der Internatsleitung nicht.

Ben und ich saßen immer nebeneinander, uns gegenüber Richard und Jonas, die nie viel redeten, aber alles um sich herum beobachteten, wer mit wem eng ist. Den beiden entging nichts.

Die Holzstühle, auf denen wir saßen, waren nicht besonders modern und ihre Bequemlichkeit reichte maximal für zehn Minuten. Danach wurde man unruhig, schaukelte von einer Arschbacke auf die andere, um dann wieder das Gesamtgewicht des Körpers auf beide Arschbacken zu verteilen. Spätestens nach ungefähr dreißig Minuten hatte jeder im Saal den Spaß am Essen verloren, und wir freuten uns, aufstehen zu dürfen.

Das Tagesmenü wurde an einer lang gezogenen Theke ausgegeben. Oder wir holten uns Grünfutter vom Salatbuffet.

Viel war es nicht, was uns täglich an Frühstück geboten wurde. Eine Sorte Kaffee, Orangensaft, Apfelsaft oder Tee. Die meisten Schüler nahmen den Pfefferminz- oder Zitronentee. Angeblich schmeckte der Pfefferminztee im Herbst besser als im Sommer. Ich konnte da nie einen Unterschied feststellen.

Vielleicht war es auch nur Verarsche, um die anderen zu verwirren. Andere zu verarschen, war eins unserer Hauptspiele im Internat.

Damit man als Einzelner nicht verarscht wurde, schloss man sich besser einer Gruppe an. Wenn du eine Gruppe gefunden hattest, dann musstest du bestimmte Regeln befolgen. All diejenigen, die nicht in deiner Gruppe waren, durften reingelegt werden. Wir spielten das Spiel gegeneinander. Aber zuerst wurde mit denen ein falsches Spiel gespielt, die noch immer alleine herumliefen, die niemand haben wollte. Das waren dann die Schwächsten.

Wer zu welcher Gruppe gehörte, darüber wurde nie öffentlich gesprochen. Aber nicht jeder hat dabei mitgemacht.

Mit der Zeit wurde daraus ein Machtspiel. Je länger ich auf dem Internat war, desto weniger habe ich anderen vertraut.

Am Ende war es auch kein Spaß mehr. Wer das Spiel erfunden hat, das weiß ich nicht.

Die Brotauswahl beschränkte sich auf Bauernbrot, Weißbrot, Vollkornbrot oder Biobrot. Dazu gab es viereckige Butterstücke, die in einer großen Wasserschüssel aufbewahrt wurden. Jedes einzelne Stück musste mit der Gabel herausgefischt werden. Wenn man zu lange dafür brauchte oder zu dumm dafür war, ging die Schubserei von hinten los, und man wurde zur Seite gedrängt und musste sich ganz neu anstellen. Das war morgens, direkt nach dem Aufstehen, ziemlich nervig, weil man noch müde war.

Aufstrich gab es auch. Meistens Käse und Marmelade. Obst konnte jeder so viel essen, wie er wollte. Frisches Fleisch gab es auch. Salami, Fleischwurst und Schinken wurden persönlich vom Metzger aus dem Dorf angeliefert. Unser Internatsleiter und der Metzger waren angeblich gute Freunde. Deswegen haben wir nie ein böses Wort über den Metzger verloren, auch über das Fleisch nicht. Ein- oder zweimal die Woche brachte der Metzger die Fleischware persönlich ins Internat. Es kam öfter vor, dass er dabei seine blutige Schlachterschürze noch anhatte. Da war oft frisches, schmieriges Blut drauf.

Einige stellten sich dann immer die Frage, welches Tier er gerade umgebracht hatte und wie schlimm es gelitten haben musste. Sie trauten dem Metzger nicht über den Weg und rannten in der Pause zu den Wiesen runter und schauten nach.

»Alle Pferde noch da!«, rief jemand. Und danach ging es vielen besser. Aber die Kühe hat nie einer nachgezählt.

An Feiertagen oder zu besonderen Anlässen gab es auch ein Ei zum Frühstück. Du wusstest aber nie, ob das Ei hart oder weichgekocht war. Das stellte sich erst später heraus, als es geköpft wurde.

Ich fand das Köpfen immer ganz klasse, da konnte ich schon morgens meine Aggressionen loswerden. Ich stellte mir Lehrer Bracht vor, wie er mich ungerecht behandelt hatte, und schlug ihm den Kopf ab. Wenn ich Pech hatte, war das Ei weichgekocht, dann landeten Spritzer vom Eigelb auf meinem Hemd und ich musste es wechseln. Das machte mich dann noch aggressiver.

Seit Beginn des neuen Schuljahres wurde viel vegetarisches Essen angeboten. Die Nachfrage war riesig. Ich habe das Zeug viel gegessen, obwohl mir das nicht so schmeckt. Aber das war halt der neue Zeitgeist. Ich muss halt damit fertig werden, was die Zeit uns vorschlägt. Ich passe mich hemmungslos an und lege meine eigene Meinung einfach beiseite. Sobald ich nicht in die Zeit passe, bin ich raus, dachte ich. Die Zeit ist nie schlecht.

Seit zwei Monaten gibt es auch keine Currywurst mit Pommes mehr zu bestellen. Wer das entschieden hat, das weiß ich nicht. Darüber beschwert habe ich mich nicht, obwohl ich das gerne gegessen habe.

Ben und ich waren spät dran. Wir mussten uns am Ende der Essensschlange anstellen, vor uns standen mindestens zwanzig Personen. Ganz vorne in der Schlange sah ich Louis, ein neuer Schüler, der seit einigen Wochen auf dem Internat ist. Louis ist ein YouTube-Star. Über seinen YouTube-Kanal postet er alles Mögliche aus den Bereichen Fashion und Lifestyle. Er macht Einkäufe in den coolsten Locations von Berlin und bewertet in seinen Videos Sneaker, Shirts, Jacken, Hosen, Caps, Pullis und so. Kaufen tut er die Klamotten aber fast nie. Wie viel Geld er schon mit seinem YouTube-Kanal verdient hat, das weiß ich nicht.

Ich habe mir alle seine Videos angeschaut und war beeindruckt, wie selbstbewusst und zielstrebig er da so auftritt, keine Schwächen zeigt. Im Internat verhält er sich genauso. Er hat Eigenschaften, die mir imponieren. Ich habe ihn beobachtet, wann immer es mein Stundenplan erlaubte. Wenn Louis in der Essensschlange stand, wurde er oft angequatscht und nach seinen Videos gefragt. Oft stand ich zwei Reihen dahinter und hörte heimlich zu, was er so erzählte.

Louis war im Grunde genauso wie ich, auch so einsachtzig groß, schlank, durchtrainiert und intelligent. Er sah ebenfalls sehr gut aus. Er kam bei Frauen genauso gut an wie ich.

Unser morgendliches Frühstücksritual am Essenstisch war immer gleich. Man setzte sich an den Tisch, begrüßte seine Mitschüler, fragte freundlich, ob sie gut geschlafen hatten und alles okay ist, dann nahm man eine Serviette aus dem Serviettenhalter, legte sie auf den Schoß, breitete sie in alle vier Himmelsrichtungen aus und begann zu frühstücken.

»Was bist du denn heute so schlecht gelaunt?«, fragte mich Jonas.

Ich antwortete nicht. Jonas und Richard waren für mich wie zweieiige Zwillinge, die nur in unterschiedlichen Familien getrennt aufgewachsen waren. Und obwohl es keine gemeinsame genetische Herkunft gab, verhielten sie sich fast identisch.

Es fiel mir nicht schwer, ihr Verhalten vorherzusagen. Wenn der eine etwas sagte, dann musste man nicht lange darauf warten, bis der andere auch seinen Senf dazu gab. Die beiden hatten immer dieselbe Meinung über etwas, und sie lachten über dieselben Dinge. Wenn einer sich freute, dann strahlte auch der andere.

Als Jonas einmal von einem langen Wochenendbesuch zurückkam, war er total happy. Er hatte zum Geburtstag einen Hund geschenkt bekommen. Einen reinrassigen Labradorwelpen. Jonas hatte ihn auf den Namen Bruno getauft. Das ganze Wochenende hat er damit verbracht, mit dem Hund zu spielen. Jonas hat gesagt, dass Bruno von allen wie ein Kleinkind gehätschelt und getätschelt wurde. Alle hätten auf ihn aufgepasst, damit ihm bloß nichts zustieße. Den ersten Tag wäre er Bruno nur hinterhergelaufen, weil er in alle Räume hineingeschnuppert hat, den zweiten Tag hätte er jedes herumliegende Teil beseitelegen müssen, weil Bruno alles in die Schnauze genommen hat und nicht mehr hergeben wollte.

Richard schüttelte den Kopf und grinste.

»Und am Abend saßen wir beide auf dem Sofa und haben gekuschelt und Fernsehen geguckt«, sagte Jonas, »immer, wenn Bruno mir in den Finger gebissen hat, musste ich das TV-Programm wechseln, dann war für kurze Zeit Ruhe.«

Ben, Jonas und Richard mussten lachen. Ich versuchte auch zu lachen, aber es gelang mir nicht.

Richard war begeistert von Bruno und freute sich genauso wie Jonas. Das habe ich nicht verstanden. Er war ja gar nicht dabei und hatte keinen eigenen Hund.

Ich glaube, zwischen den beiden besteht sowas wie eine Seelenverwandtschaft.

Jonas reichte mir eine Scheibe Brot rüber, die ich mit Butter bestrich, dann legte ich zwei Scheiben Salami darauf.

Der Kaffee war mittlerweile nur noch lauwarm und schmeckte wie Kaffee vom Vortag. Ich nahm drei, vier kleine Schlucke hintereinander und so langsam schmeckte der Kaffee nach Kaffee. Unser Internatsleiter hat einmal gesagt, dass alles im Leben gewöhnungsbedürftig sei. Ich habe gedacht, dass er recht hatte, auch beim Kaffee ist es so. Du musst nur oft genug davon probieren, bis er dir irgendwann, irgendwie schmeckt. Und du daran glaubst.

Während ich frühstückte, schaute ich zu Louis rüber. Er saß mit Basti und einem anderen Schüler am Ende des Speisesaals vor der hinteren Wand. Ich behielt ihn fest im Blick.

»Was guckst du die ganze Zeit zu Louis rüber?«, fragte mich Ben. »Ich beobachte dich schon die ganze Zeit dabei. Was ist mit ihm?«

Ich habe ihm nicht geantwortet.

Es gab nicht viele Situationen, in denen ich die Gelegenheit hatte, Louis zu beobachten und seine Persönlichkeit zu studieren. Der Tagesablauf auf dem Internat war strikt festgelegt und hatte sich auch nie geändert.

Von 7.50 Uhr bis 11.50 Uhr hatten wir Unterricht, anschließend fand unser gemeinsames Mittagessen im Speisesaal statt. Um 13.45 Uhr begann der Nachmittagsunterricht beziehungsweise die Lernzeit. Danach hatten wir Freizeit.

Abendessen gab es pünktlich von halb sieben bis neunzehn Uhr. Anschließend begann unser Abendstudium. Später blieb uns etwas Freizeit. Aber in den letzten Monaten war ich oft zu müde, um an den Aktivitäten teilzunehmen.

Louis war zwar auch in der Oberstufe, aber wir hatten nicht denselben Unterricht und nicht dieselben Freizeitaktivitäten. Er spielte in einer Fußballmannschaft, und ich hatte mich erstmalig für das Fechten eingeschrieben. Somit sahen wir uns regelmäßig nur beim Frühstück, Mittagessen und Abendessen.

Wenn ich im Studienraum oder in der Bibliothek war, hielt ich jedes Mal Ausschau nach ihm. Oft kam ich schon ganz früh, setzte mich an einen leeren Tisch und hielt einen Stuhl frei.

Ich schaute zur Tür, und wenn Louis hereinkam, hoffte ich darauf, dass er zu mir rüberkommt. Aber er ging jedes Mal an mir vorbei, ohne mich anzusehen, und setzte sich woanders hin. Wahrscheinlich hatte er mich nicht gesehen, oder es war ihm nicht aufgefallen, dass neben mir ein Stuhl frei war.

Wenn Louis hinter mir saß, drehte ich mich öfter um, aber er wirkte immer sehr konzentriert, ganz in Gedanken versunken, die ich nicht kannte. Meine Befürchtung war, dass es nicht meine Gedanken sind.

»Was hat denn Louis, was ich nicht habe?«, fragte mich Ben und schien leicht verunsichert zu sein, was mir gefiel. Er biss in sein Brot und schaute mich an. Er suchte in seinen Gedanken nach meinen Antworten, aber er fand sie nicht. Ich sah, wie er mit dem Zerkauen des Brotes zwischenzeitlich stoppte, weil er dachte, ich würde ihm antworten, tat es aber nicht. Ich sah, dass ihm unwohl war.

Wir beide wurden von dem heimlichen Willen angetrieben, den anderen beherrschen zu wollen.

Ben schaute mir ins Gesicht und suchte nach irgendwelchen kleinen Regungen oder Zuckungen, die mich hätten verraten können. Aber ich spielte den Unnahbaren und verzog keine Miene. Dann kaute er weiter und drehte sich von mir weg.

»Was meinst du denn, was Louis hat, was du nicht hast?«, fragte ich Ben.

Ben schaute auf seinen Teller und stopfte sich ein Ei in den Mund.

»Ich weiß es nicht«, murmelte er.

SECHS

Ich war froh, dass Ben meine Einladung angenommen hatte und meine Familie besuchte. Eine gute Begründung für mich endlich mal wieder nach Hause zu kommen.

Gastfreundschaft wird bei uns sehr groß geschrieben, deswegen haben meine Eltern zu dem Wochenendbesuch auch Ja gesagt. Außerdem waren sie ziemlich neugierig und wollten wissen, mit wem ich auf dem Internat so abhänge.

Mein Vater fand Ben direkt sympathisch und sagte zu ihm, er sei jetzt »ein Teil der Familie«.

Am Abend steckte mir mein Vater das längst überfällige Taschengeld zu und überreichte mir die Kreditkarte. Dann drängelte ich ihn, er solle doch unbedingt Onkel Gerd anrufen. Ich ließ nicht locker, bis mein Vater schließlich mit Gerd telefonierte. Der schickte uns am nächsten Tag ein Fernsehteam vorbei, das uns beim Shoppen begleiten sollte. Wenn wir Glück hätten, meinte Gerd, kämen wir damit ins Fernsehen, »so `ne Art Dokusoap«.

Ein Chauffeur brachte uns in einer Limousine in die Stadt. Das Filmteam fuhr voraus.

Wir hielten ausschließlich vor auserwählten Geschäften, wo unser Familienname bekannt war. Als die Limousine vor einem Klamottenladen anhielt, den ich ausgesucht hatte, kam direkt der Verkäufer herausgerannt und öffnete die hintere Tür, und wir stiegen aus.

Der Verkäufer war höflich und freundlich, aber ich blieb ernsthaft und vermied es, freundschaftlich zu wirken, obwohl ich den Verkäufer seit meiner Kindheit kannte.

Ich sagte nur »Guten Tag« und schüttelte keine Hand. Damit war klar, wer das Geld hat und wer das Geld nehmen muss, um zu überleben.

Der Verkäufer ging voran und hielt uns die Ladentür offen. Das Modegeschäft hatte eine pompöse Verkaufstheke und dahinter stand bereits der Ladeninhaber. Er schaute zu uns herüber, winkte und schrie: »Ist die Kamera an?«

»Die Kamera läuft schon die ganze Zeit!«, schrie einer vom Filmteam.

Wir bekamen ein Glas Champagner angeboten und nahmen dankend an. Der Ladeninhaber schaute in die Kamera und meinte, er sei zutiefst erfreut, mich wiederzusehen, denn ich wäre ein sehr interessanter Kunde, weil ich immer gepflegt und toll aussehen würde, modisch aktuell und einen coolen Style hätte. Das würde mich so besonders machen und vom Rest der Kundschaft unterscheiden.

Ich nickte in die Kamera und habe ihm nicht widersprochen.

Der Laden war mit einer großen Verkaufsfläche ausgestattet. Das Warenangebot wurde knapp und exklusiv gehalten, die Preise hoch. Hier fühlte ich mich wohl.

Nachdem wir das zweite Champagnerglas ausgetrunken und zwei kleine Lachshäppchen gegessen hatten, wurde der Ladeninhaber leicht nervös und seine Anspannung stieg.

»Was können wir heute für Sie tun, meine Herren?«

»Ich weiß nicht«, sagte ich und schaute zu Ben rüber, »wolltest du auch was kaufen?«

Er schüttelte den Kopf.

»Tut mir leid«, sagte ich, »der ist nicht so reich wie ich.« Als ich den Satz gesagt hatte, fühlte ich mich unwohl. Die Worte waren mir irgendwie so rausgerutscht. Aber entschuldigt habe ich mich nicht bei Ben.

»Also, mein Herr, was kann ich für Sie tun?«

»Ich suche die perfekte Lederjacke. Ich hoffe, Sie können mir weiterhelfen?«

Der Inhaber legte seine linke Hand auf meine Schulter und tat so, als ob wir Freunde wären. Er drehte meinen Körper Richtung Lederwarenmode und forderte mich höflich auf, ihm zu folgen. Während wir rübergingen, sagte er:

»Sie haben ihren Bedarf völlig richtig erkannt, Herr Tronberg. Lederjacken gehören zu den Jackenmodellen, auf die ein Mann unter keinen Umständen im Leben verzichten darf. Lederjacken stehen für Männlichkeit, Coolness und Lässigkeit. Wer noch keine besitzt, der muss unbedingt für Abhilfe sorgen.«

Die Auswahl an Lederjacken war mager. Nur zwei Nobelmarken wurden zum Verkauf angeboten, davon war die Hälfte der Jacken nicht in meiner Größe. Der Rest entsprach nicht meiner Wunschfarbe Schwarz.

Kurze Zeit später kam ein weiterer Verkäufer hinzu. In seinen Händen hielt er vier schwarze Lederjacken und legte sie auf einen Tisch. Er nahm die Kleiderbügel heraus, und ohne Hektik probierte ich alle Jacken durch.

»Diese hier gefällt mir besonders gut«, sagte ich. »Man sagt ja, eine Investition in eine Lederjacke ist eine Investition fürs Leben!«

Ich kannte den Spruch aus einer Werbung für Zahnersatz und hatte ihn mir gemerkt.

»Diese Aussage trifft es auf den Punkt, Herr Tronberg. Oder, wie ich es immer sage, eine Lederjacke hält es wie ein guter Rotwein. Sie wird im Alter sogar noch besser.«

»Ich habe in der Nacht von Rotwein schon mal kotzen müssen«, sagte ich. »Deswegen habe ich an Rotwein keine guten Erinnerungen.«

»Auch der Nachtschwärmer greift gerne zur Lederjacke, denn sie ist nicht nur extrem stylish, sondern schützt auch vor einer bösen Erkältung«, fügte der aufgeregte Ladeninhaber hinzu.

Irgendwie hatte ich den Eindruck bekommen, dass der Ladeninhaber meine persönlichen Probleme nicht richtig ernst nahm.

»Probieren Sie nochmal die andere Lederjacke an. Ich glaube, die schmeichelt Ihnen mehr.«

Als ich die Jacke angezogen hatte, stellte ich mich vor den Spiegel und zog den Reißverschluss zu. Dann hörte ich den Verkäufer kurz aufschreien.

»Wow!«, schrie der Verkäufer.

Der Ladeninhaber meinte, die Lederjacke wäre jetzt weder zu eng noch zu weit noch zu lang noch zu kurz.

»Das heißt?«, fragte ich.

»Wow!«, schrie der Verkäufer erneut.

»Wow!«, sagte ich, »mir gefällt die Jacke jetzt auch sehr gut.«

»Wie bei allen Kleidungsstücken«, sagte der Ladeninhaber, »kann der Look schnell unglücklich wirken, wenn die Passform nicht stimmt. Das ist aber hier nicht der Fall. Deshalb auch von mir ein Wow. Sie haben sich richtig entschieden!«

»Ich nehme die Jacke«, antwortete ich.

»Wow«, sagte Ben. »Das ging aber schnell.«

Während wir zur Kasse gingen, schaute der Ladeninhaber heimlich auf das im Innenfutter versteckte Preisschild.

»Was soll der Spaß denn kosten?«, fragte ich.

»Das ist bestimmt kein Spaß mehr«, meinte Ben.

»Wir liegen bei dieser Lederjacke mit ihren coolen Crush-Effekten und ihrem außergewöhnlichen Akzent bei genau -«, der Inhaber tat so, als wenn er das erste Mal auf das Preisschild gucken würde, »bei 2.749 Euro, mein Herr.«

»Wow!«, sagte ich.

Stille.

Ben schüttelte den Kopf.

Der Verkäufer drückte uns ein volles Champagnerglas in die Hand, anschließend erhob der Ladeninhaber sein Glas und wollte mit mir anstoßen.

Ich sagte, er wäre etwas zu schnell mit dem Trinken, denn wir müssten noch mal über den Preis verhandeln.

»Können wir kurz die Kamera ausschalten?«, fragte der Ladeninhaber.

»Kamera aus!«

Ich sagte, so viel Geld für eine Lederjacke hätte ich noch nie bezahlt. Der Ladeninhaber meinte, es gäbe immer ein erstes Mal.

»Aber nicht in Ihrem Laden«, sagte ich.

Ich erinnerte ihn an meinen Familiennamen und betonte, ich könnte den Laden jederzeit an die ganze Verwandtschaft weiterempfehlen. Außerdem würde ich mit einem YouTube-Star im Bereich Fashion zusammenarbeiten, und der Film könnte bald überall zu sehen sein.

Ben schaute überrascht. Von meinen Plänen mit Louis hatte ich ihm noch nichts erzählt.

Der Ladenbesitzer fing an zu strahlen. Er meinte, dass er es kaum abwarten könne, meine Verwandtschaft und den YouTube-Star kennenzulernen. Sein Lächeln nahm kein Ende.

Ich habe gedacht, der kennt meine Verwandtschaft noch nicht.

Er sagte, dass er nicht allzu viel am Preis machen könnte, denn schließlich müsste er auch noch ein bisschen dran verdienen. Er erzählte etwas von Einkaufspreisen, Ladenmiete, Stromkosten und fixen Personalkosten, die er monatlich habe.

»Aber eintausend Euro sind schon drin!?«, sagte ich.

Er fragte mich, wie groß denn meine Verwandtschaft sei. Ich sagte, sie sei sehr groß und mächtig, gleichzeitig streckte ich meine rechte Hand aus und rieb die Daumeninnenseite gegen die Innenseite meines Zeigefingers.

Der Ladeninhaber schaute zum Kassierer rüber und nickte.

Wir waren uns einig.

»Kamera läuft wieder!«, schrie jemand.

Wir tranken den Champagner leer, drehten uns nochmals in Richtung Kamera, und ich lobte den Ladeninhaber für den vorzüglichen Service. Ich bezahlte mit meiner Kreditkarte. Danach waren die Fernsehaufnahmen beendet und das TV-Team verließ den Laden.

Kurze Zeit später verließen auch wir den Laden. Der Verkäufer nahm meine Einkaufstasche und wir gingen raus.

Vor dem Geschäft hatte sich mittlerweile ein Penner niedergelassen. Er saß direkt vor dem Schaufenster. Neben ihm lag ein dicker Hund, der tief und fest schlief. Der Penner hatte einen Zettel in der Hand und bat darum, man möge ihm etwas zu essen geben. Dafür bräuchte er Geld, schrieb er, und hielt mir einen Pappbecher entgegen.

Ich schaute auf die Limousine, tat so, als ob ich das alles nicht gesehen hätte.

Wenn es anderen Menschen schlechter ging als mir, interessierte mich das nicht. Aber das habe ich nicht in die Fernsehkamera gesagt.

Ich war nicht böse, aber ich teilte nicht gerne.

Als wir in der Limousine saßen, übergab mir der Verkäufer die Einkaufstasche und steckte noch zwei kleine Parfumprobeflaschen hinein. Dann drückte er vorsichtig die hintere Tür zu.

Als wir losfuhren, winkte er uns freundlich hinterher. Ich rief Onkel Gerd an und fragte, wann ich im Fernsehen zu sehen sei.

SIEBEN

Einige Monate waren vergangen. Jeder Monat verlief wie der andere. Einen Unterschied konnte ich nicht feststellen. Es hatte sich nichts verändert.

Ich fragte mich, muss sich überhaupt was ändern? Muss sich das Leben für mich ändern, oder muss ich mich für das Leben ändern? Oder bleibt alles so, wie es ist? Wer bestimmt das eigentlich?

Dieses Jahr hatten einige von uns gegen das Mathe-Abi protestiert, und damit sich etwas ändert, hatten sie mit Wut im Bauch eine Petition im Internet unterstützt, und gesagt, die Abi-Aufgaben wären zu schwer und nicht klar formuliert gewesen. Die Reaktion ließ nicht lange auf sich warten.

»Die Prüfungsaufgaben sind Grundwissen und absolut lehrplankonform!«, schrie ein Verantwortlicher über die Medien zurück. Angeblich hatte der Typ viel Ahnung davon. Es blieb unklar, ob er die Aufgaben in der vorgegebenen Zeit schon mal selbst gelöst hatte, und wenn ja, mit welchem Ergebnis. Im Zeitungsinterview wurde er nicht danach gefragt. Der Typ hat gesagt, dass er es grundsätzlich toll finden würde, wenn junge Menschen Autoritäten hinterfragen. Aber in diesem Fall wäre das nicht angebracht, denn die geübte Kritik wäre fachlich kaum begründet, die Argumentation eher dünn gewesen.

Ich habe gedacht, das sagen sie alle so, deswegen wird sich auch nichts ändern.

Ein Schüler hat dem Arschloch daraufhin eine kurze E-Mail geschrieben und ihn zur nächsten Abiturprüfung Mathematik eingeladen, damit er sie hätte mitschreiben können. Aber er hat nicht geantwortet.

Immer wenn ich in meinem Zimmer alleine war und mir langweilig wurde, stellte ich den Holzstuhl vor das Fenster und schaute raus. Ich beobachtete die vorbeiziehenden Wolken und wartete darauf, dass es anfing zu regnen, oder, wenn es Winter war, anfing zu schneien. Ich suchte nach den kleinsten Veränderungen, die ich in den Wolken finden konnte.

Ich schaute auf die Uhr.

Ich wartete auf die Zukunft.

Den ganzen Tag auf die Uhr zu schauen und auf die Zukunft zu warten, das schaffe ich nicht. Ich habe das einmal ausprobiert, dabei bin ich fast verrückt geworden.

Gestern wurde wieder ein Schüler erwischt.

Mitten im Unterricht ging schlagartig und völlig überraschend die Klassentür auf und die Assistentin der Internatsleitung kam herein.

Sie machte ein Gesicht, als wäre jemand gestorben, und in ihren Händen hielt sie ein Stück Papier. Ohne uns zu grüßen, sagte sie: »Alle Urinproben der letzten zwei Wochen sind jetzt ausgewertet. Es wurden Drogen im Internat konsumiert!«

Dann hat sie jeden einzelnen von uns angeschaut und blieb stumm. Sie wollte wissen, ob jemand von uns zuckte. Einige bekamen tatsächlich Angst, einen roten Kopf oder hatten ein schlechtes Gewissen, fühlten sich ertappt und zuckten zusammen.

Dann nannte sie einen Namen, und wir schauten ihn an. Der Schüler hatte bereits ein rotes Gesicht und packte sofort seine Sachen. Er verließ die Klasse, ohne ein Wort zu sagen, ohne sich zu verabschieden.

Du stehst dann irgendwie selbst unter Schock. Während der Schüler rausgeht, schaust du ihn an, und du weißt, er wird dir nie mehr begegnen. Der Kontakt zu ihm wird abbrechen. Er hat es nicht geschafft, sich an die Regeln zu halten. Es war das letzte Mal, dass du ihn lebend gesehen hast. Keiner sagt etwas zu seinem Verschwinden, niemand möchte darauf angesprochen werden.

Am Abend machten Gerüchte und Spekulationen die Runde. »Sein Zimmer ist leergeräumt.« »Die haben Koks bei ihm gefunden.« »Das war ein Dealer.« »Der war voll abhängig, habt ihr das nicht mitbekommen.«

Ein Schüler meinte, er hätte es nicht anders verdient gehabt, als vom Internat zu fliegen. Zwei andere Schüler nickten zustimmend, ohne etwas zu sagen.

Am nächsten Tag bestätigte der Internatsleiter die Gerüchte. Er hat gesagt, dass im Zimmer des Schülers

Drogen gefunden wurden. Die Urinprobe hätte den Verdacht bestätigt. Welche Drogen gefunden wurden und wie viel, das hat er uns nicht mitgeteilt. Dann hat er noch gesagt, dass er keine andere Möglichkeit gehabt hätte, als so zu handeln. Das sollte uns allen eine Warnung sein.

Dr. Budnatz hatte recht behalten, nur »maximal ein Schüler pro Jahr« wurde erwischt.

Nachdem der Schuldige offiziell vom Internat abgemeldet war, begannen die ersten Schüler damit, ihn als Freund bei Facebook und Instagram zu löschen. Viele meinten, das wäre in Ordnung. Mit so einem Schüler sollte man nicht länger befreundet sein. Ansonsten käme jeder selbst schnell unter Verdacht, ein schlechter Mensch zu sein. Anschließend wurde nur noch mies über ihn geredet.

Damit war die Sache erledigt.

Ich hatte gerade Chemieunterricht, als die Schulklingel zum Mittagessen läutete. Das Gebäude C liegt im Waldgelände und ist, vor allem als Neuankömmling, nicht leicht zu finden. Ich glaube, das war kein Zufall, dass das Chemiegebäude in den Wald hineingebaut wurde. Wenn mal was in die Luft fliegt, dann ist das Hauptgebäude nicht davon betroffen. Aber bisher ist noch nichts passiert.

Vom Gebäude C bis zum Speisesaal ist es ein langer Weg, deswegen war die Essensschlange schon sehr lang, als ich dort ankam.

Ich schaute zu unserem Tisch rüber. Ben, Richard und Jonas hatten ihr Essen bereits abgeholt und waren gerade dabei, sich hinzusetzen.

Plötzlich stand Louis hinter mir.

»Hey, wie geht es dir?«, fragte ich.

»Ganz gut«, antwortete Louis.

»Du bist doch der Neue«, sagte ich.

»Neu ist gut«, antwortete er, »ich bin jetzt schon zwei Monate auf dem Internat.«

»Ja, ja, ich weiß«, sagte ich. »Du warst mir sofort sympathisch, als ich dich zum ersten Mal gesehen habe. Ich habe mir deine ganzen YouTube-Videos im Internet angeschaut.«

»Cool.«

»Auch voll im Lernstress?«

»Ja, ja«, antwortete Louis.

Ich spürte sofort, dass es Freundschaft war.

Das war der erste persönliche Kontakt, den ich mit Louis hatte. In den letzten Wochen hatte ich ihn ausgiebig beobachtet, aber zu einem persönlichen Wortwechsel war es nie gekommen. In der Freizeit stand er immer mit anderen Typen zusammen und amüsierte sich. Da wollte ich nicht stören.

»Ich habe ein Video für dich gedreht. Einkauf in einem Fashionladen«, sagte ich.

Plötzlich hörte ich, wie jemand »Louis!« schrie. Ein Mitschüler, der ganz vorne am Anfang der Essensschlange stand, winkte Louis zu.

»Du entschuldigst mich«, sagte Louis und ging rüber zu dem anderen Mitschüler, den ich nur vom Sehen her kannte.

Es schien, als hätte Louis mir gar nicht richtig zugehört. Beide nahmen ihr Essen entgegen und setzten sich gemeinsam an einen Tisch.

Aber damit war die Sache für mich noch nicht erledigt. Ich habe im Pausenhof auf der Parkbank auf Louis gewartet und schaute die ganze Zeit auf die Eingangstür. Ich überlegte, wie ich Louis ansprechen sollte, wenn er rauskommt und an mir vorbeigeht, und legte mir verschiedene Sätze zurecht und übte sie still und heimlich.

Ich ging fest davon aus, dass er alleine aus dem Gebäude herauskommen würde, aber dem war nicht so. Als er mit Jonas durch die Tür kam, war ich verblüfft und irritiert. Beide schienen absolut vertraut miteinander zu reden.

Obwohl ich Louis die letzten Wochen intensiv beobachtet hatte, war mir sein freundschaftliches Verhältnis zu Jonas bisher nicht aufgefallen. Aber in dieser Situation fand ich es nicht schlimm, weil es die Sache für mich einfacher machte, an Louis heranzukommen.

»Jonas, hey Jonas!«, rief ich.

Aber Jonas ignorierte mich, beide gingen an mir vorbei, quatschten miteinander, ohne mich anzuschauen, als wenn ich nicht da gewesen wäre.

Ich bin den beiden nicht hinterhergelaufen, stattdessen suchte ich Ben und Richard.

Am Abend blieb ich auf meinem Zimmer und wollte niemanden sehen.

Am nächsten Tag habe ich im Speisesaal hinter der Flügeltür gewartet. Ich schaute auf den Speiseplan. Heute Mittag gab es Spaghetti Bolognese und als Alternative ein vegetarisches Gericht, irgendetwas mit »Möhren durcheinander«, und dazu noch einen gemischten Salat. »Kartoffelbrei mit Sülze« gab es auch, aber das ist im Internat nicht so der Renner.

Als Louis den Speisesaal betrat, verhielt ich mich unsichtbar und wartete, bis er sein Essen entgegengenommen hatte. Ich schaute, wohin er ging. Er setzte sich alleine an einen Tisch, nahm ein Buch aus seiner Tasche, schlug es auf und begann zu essen.

Ich hatte Glück, denn die Essensschlange war heute ziemlich kurz. Schnell kam auch ich dran.

Als die Küchenhilfe mich fragte, welches Gericht ich haben wollte, musste ich nicht lange überlegen und habe »Spaghetti Bolognese« gesagt, obwohl ich mir fest vorgenommen hatte, Vegetarier zu werden.

Die Küchenhilfe kannte jeder. Sie gehörte zum Stammpersonal und war jeden Tag da. Angeblich ist sie mittlerweile über fünfundzwanzig Jahre im Dienst. Ob sie immer schon so hässlich war, das weiß ich nicht.

Auf jeden Fall kam mir bei ihrem Anblick oft ein fürchterlicher Gedanke. Wenn die einen schlechten Tag hat, dann spuckt die auch mal gern in die Soße hinein, um ihren Frust loszuwerden.

»Was ist? Was glotzt du mich so an?«, fragte die schäbige Küchenhilfe in einem herablassenden Ton.

»Nichts«, sagte ich, »alles gut.«

»Dann ist ja gut«

»Sag ich doch.«

Sie kippte mir die Soße über die Spaghetti und schaute mich dabei an. Ich guckte auf die Soße und hatte kein gutes Gefühl.

Als ich auf dem Weg zu unserem Tisch war, schaute ich zu Louis rüber. Er saß immer noch alleine am Tisch, und während er seine Spaghetti Bolognese aß, blätterte er im Buch herum.

»Was ist los?«, fragte Ben, »willst du dich nicht hinsetzen?«

Ich hatte sagte, dass sie heute mal ohne mich essen müssten, da ich eine wichtige Angelegenheit mit Louis zu klären hätte. Wir hätten ein gemeinsames TV-Projekt zu besprechen. Sie sollten später draußen auf mich warten, dann würde ich ihnen alles ausführlich erklären. Die drei waren sprachlos.

Ich ging rüber zu Louis, der mit dem Gesicht zur Rückwand saß. Als ich vor ihm stand, sagte ich: »Hi,

Louis«, und lächelte, um freundlich zu wirken. Ich stellte mein Essenstablett ab und zog den Stuhl vom Tisch weg.

»Lass bitte den Stuhl stehen. Ich will allein sein. Was willst du?«, fragte Louis.

Ich schob den Stuhl wieder zurück und sagte, ich hätte ihn hier alleine sitzen sehen. Das täte mir leid. Außerdem wäre es eine gute Gelegenheit, miteinander ungestört zu reden, denn wir hätten viele Gemeinsamkeiten.

Louis meinte nur, er hätte jetzt keine Zeit, er müsse für eine Klausur lernen, die in zwei Stunden beginnen würde. Dann begann er wieder zu lesen und sagte: »Sorry«.

Ich weiß nicht mehr, wie lange ich so dumm rumgestanden bin und wie viel Zeit dabei verging, aber es kam mir sehr lange vor. Ich schaute zu den Jungs rüber, die mich beobachteten.

»Ich habe dir doch von dem Video erzählt«, sagte ich.

»Weiß ich nichts mehr von. Ich muss lernen.«

Ich zog meine kleine Pocket-Videokamera aus dem Rucksack und sagte, ich könnte ihm mal kurz zeigen, was ich so gedreht hätte, zeitgleich zog ich den Stuhl wieder vom Tisch weg.

»Ich sagte doch, lass den Stuhl stehen. Und geh jetzt bitte! Ich bin mega im Lernstress!«

»Na klar«, sagte ich, »kein Problem«, und schob den Stuhl wieder an den Tisch zurück und blickte rüber zu Ben, Richard und Jonas. Sie beobachteten mich noch immer. Ich wurde rot im Gesicht. In diesem Moment wusste ich nicht, was ich machen sollte.

»Kann ich mich denn wenigstens hier hinsetzen und essen?«, fragte ich.

»Nein«, antwortete Louis, »das stört. Du verstehst doch hoffentlich?«

»Wir müssen ja nicht miteinander reden.«

»Nein, müssen wir nicht«, sagte Louis, ohne mich anzuschauen.

»Bei meinem Video war auch ein richtiges Fernsehteam dabei«, sagte ich.

»Ich bin mein eigenes Fernsehteam«, antwortete Louis in einem pampigen Ton.

Ich durfte mir gegenüber Ben, Richard und Jonas jetzt keine Blöße geben.

»Sollen wir uns denn morgen wegen des Videos mal zusammensetzen?«, fragte ich.

»Nein«, sagte Louis. »Geh jetzt bitte!«

Ich ballte meine rechte Faust und ließ sie in meiner rechten Hosentasche verschwinden. In mir stieg eine Wut auf, eine Aggressivität, die ich unbedingt unter Kontrolle halten musste. Ansonsten wäre ich ausgerastet.

NIEMAND BLAMIERT MICH SO.

Schon gar nicht vor anderen Leuten.

Ich behielt zum Glück die Fassung. Ohne ein weiteres Wort zu sagen, nahm ich mein Essenstablett vom Tisch runter und ging zurück zu den Jungs und ließ mir nichts anmerken. Ich verhielt mich so cool, wie ich es sonst auch immer tat.

»Was geht Jungs? Alles klar bei euch? Wie schmecken die Spaghetti?«, fragte ich und setzte mich hin.

»Bei uns ist alle okay«, sagte Ben. »Und bei dir?«

»Alles bestens«, antwortete ich und begann zu essen.

Aber die Nudeln schmeckten mir nicht, zu lange gekocht. Auch die Soße fand ich heute zu wässrig, zu klebrig und nicht gut gewürzt. Außerdem waren meine Nudeln mittlerweile lauwarm, fast schon kalt.

Auf einmal schmeckte mir die ganze Situation nicht mehr, in der ich mich befand.

Jonas spürte die schlechte Stimmung am Tisch.

»Aufgepasst! Ich zeig euch jetzt mal, wie wir auf dem Land Spaghetti essen«, sagte Jonas.

Er ballte seine rechte Hand zu einer Faust, schob die Gabel in die Faust hinein, und mit voller Wucht stieß er die Gabel in die Spaghetti hinein, so, als würde er mit einer Mistgabel in einen Heuhaufen reinstechen. Dann zog er die Nudeln in die Höhe und stopfte sich die langen Spaghetti von oben ins Maul rein. Ein Teil der Nudeln hing noch aus seinem Mund raus. Dann drehte er seinen Kopf ruckartig nach links und nach rechts, dabei schaute er uns an und schielte. Die Soße, die an den heraushängenden Nudeln hing, flog einmal um den ganzen Tisch herum. Ruckartig rutschten wir mit unseren Stühlen vom Tisch weg, um den Scheiß nicht abzubekommen.

»Bist du bescheuert?«

Alle mussten lachen, nur ich konnte es nicht.

»Was ist?«, fragte Ben. »Du ziehst `ne Fresse. Das geht ja gar nicht. War was mit Louis?«

»Ich glaube nicht, dass ihr das hören wollt, was der über euch gesagt hat«, antwortete ich.

Alle schauten mich an und waren schlagartig still.

»Nun erzähl schon«, sagte Richard.

»Louis ist ein Arschloch«, sagte ich.

»Wieso?«, fragte Jonas.

»Wie? Ein Arschloch?«, fragte Ben.

»Versteht mich richtig«, sagte ich, »ich bin kein bösartiger Mensch, aber wie Louis über uns geredet hat, das kann ich nicht so einfach hinnehmen. Ich hatte Mitleid mit ihm, weil er da alleine saß. Als ich ihn gefragt hatte, ob er zu uns an den Tisch kommen möchte, hat er gesagt: ›Ich soll mich zu euch setzen? Zu den Lang-weilern?‹ Ich hatte gesagt, wir wären keine Langweiler und dass wir ihn eigentlich ganz sympathisch finden würden. Das hat ihn aber nicht interessiert. Er fing an, uns zu beschimpfen. ›Ihr seid doch Dummköpfe, ihr habt nichts in der Birne‹, hat er gesagt.«

»So ein arrogantes Arschloch«, meinte Richard.

»Und sonst hat Louis nichts gesagt?«, fragte Jonas.

»Dann ist er noch frech geworden, aber ich bin ganz ruhig geblieben und habe ihm nicht geantwortet. Zum Schluss hat er noch in einem pampigen Ton gesagt: ›Lasst mich alle in Ruhe!‹ Das habe ich dann auch getan und bin gegangen.«

»So lassen wir uns von keinem hier beschimpfen«, sagte Ben.

»Das hätte ich nicht von ihm erwartet«, meinte Jonas.

»Ja«, sagte ich, »der hat nichts für uns übrig!«

»Dass der so arrogant und eingenommen ist«, sagte Richard, »hätte ich auch nicht gedacht.«

»War wohl nix mit Seelenverwandtschaft«, meinte Ben.

»Halt deine Fresse!«, sagte ich mit lauter Stimme und mit meiner rechten Faust täuschte ich einen Faust-schlag an.

Ich wurde wieder rot im Gesicht, was mir peinlich war.

Wir entschieden, Louis nicht zu mögen und ihn zu ächten.

Niemand von uns sollte Kontakt zu ihm haben.

ACHT

Ich bin ein Einzelkind.

Wenn die Leute über mich redeten, hörte ich sie oft sagen: »Ah Einzelkind, na dann ist ja alles klar.« Bis heute weiß ich nicht, was sie damit meinen. Auch habe ich nicht verstanden, wo der Unterschied liegen soll, ob man alleine oder mit Geschwistern aufwächst.

In unserer Nachbarschaft gab es mal einen Mord. Jemand hatte seine Schwester umgebracht. Da meinte mein Vater: »Gut, dass du keine Geschwister hast.«

Da war ich aber noch ganz klein, als er das zu mir gesagt hatte.

Der Typ, der seine Schwester umgebracht hatte, war zur Tatzeit dreizehn Jahre alt und seine Halbschwester war vier. Angeblich hat er siebzehnmal mit einem Küchenmesser auf sie eingestochen.

Mein Vater hat mir gesagt, dass der Junge sehr intelligent gewesen sei. Ein IQ von hundertundeinundvierzig soll er gehabt haben. Andere erzählten, er hätte die Tat begangen, um seine Mutter leiden zu sehen. Er wollte sie für irgendetwas bestrafen.

Das würde ich meiner Mutter niemals antun.

Meine Tante hat berichtet, der Junge hätte ausgesagt, dass er schon mit acht Jahren Mordfantasien hatte und glaubte, seine Tat sei vorbestimmt gewesen. Dämonische Halluzinationen soll er gehabt haben. Nach dem Mord hat ihn keiner mehr von uns im Dorf gesehen. Niemand weiß, wo er geblieben ist. Die Mutter, die seitdem alleine lebte, ist dann irgendwann aus unserer Nachbarschaft weggezogen. Ich habe sie nie kennengelernt. Angeblich hätte die Mutter ihrem Sohn irgendwann verziehen.

Wir wohnten in einer der nobelsten Villengegenden Deutschlands. »Hier wohnt die Prominenz! Viele arbeiten beim Fernsehen«, hat meine Mutter gesagt. Aber gesehen, habe ich noch nie einen. Auf Abgeschiedenheit und Ruhe legen die Anwohner hier viel Wert.

Unsere Villa ist so weit weg von der Straße gebaut, dass es fast unmöglich ist, die Fassade zu erkennen. Da kann uns keiner ins Wohnzimmer gucken, meinte mein Vater. Unser Grundstück war von einer hohen

Mauer umgeben und vollständig videoüberwacht. Fast jeder hier im Viertel hat eine hohe Mauer um sein Haus gebaut. Ist auch besser so, weil die Leute dann nicht neidisch werden können, wenn sie den Swimmingpool oder die Tennisanlage entdecken.

Zusätzlich gibt es in dieser Gegend auch noch einige Wachhunde. Es wäre also keine gute Idee über die Mauer zu steigen. Das kann schnell schiefgehen.

Unsere Zufahrt zur Villa war durch ein Flügeltor aus Schmiedeeisen versperrt. Wenn wir mit unserem Mercedes vors Einfahrtstor fuhren, erkannte die Haussteuerung via Gesichtserkennung meinen Vater oder meine Mutter und das Tor öffnete sich. Nach kurzer Zeit ging es wieder automatisch zu. Jedes Mal, wenn wir durchfuhren, sagte meine Mutter, so ein modernes Einfahrtstor könnten sich nur sehr wenige Familien auf dieser Welt leisten.

Das war mir aber egal.

Niemand konnte ohne Erlaubnis unser Grundstück betreten. Wer uns besuchen wollte, musste am Einfahrtstor aussteigen, klingeln und um Erlaubnis fragen. Wenn wir nicht zu Hause waren, übernahm eine Sicherheitsfirma die Überwachung der Villa. Sobald sich jemand unerlaubt näherte, wurde der Alarm ausgelöst und die Sicherheitsfirma kam vorbei.

Direkt zwei Straßen weiter beginnt der Wald, mitten drin liegt der Forstbotanische Garten, da darf man aber nicht mit dem Fahrrad durchfahren.

Eingeladen haben wir unsere Nachbarn noch nie. Mein Vater meinte, wir hätten auch keine Zeit dafür. Auf dieser Welt könnte man eh keinem mehr vertrauen, außerdem ginge es niemanden etwas an, was wir hier machen würden. Wer wüsste schon, was nach einem Nachbarschaftsbesuch so alles erzählt wird. Das hätte man dann nicht mehr unter Kontrolle, und das ginge nicht, sagte mein Vater.

Ich wusste, wie gefährlich wir lebten, und dass es böse Menschen auf dieser Welt gab, die sich von unserem Geld ein schönes Leben machen wollten. In den 70er Jahren wurde in der Gegend eine bekannte Persönlichkeit von linken Terroristen entführt. Mein Vater ermahnte mich, immer wachsam zu sein und ich sollte nicht mit Fremden sprechen. Und wenn mir was auffallen würde, dann sollte ich ihm sofort davon berichten. Mit anderen Kindern auf der Straße habe ich nie gespielt. Ich hatte meine festen Zeiten im Sportverein, dort hielt ich mich auf.

Als ich zehn Jahre alt war und auf meinem Zimmer die Hausaufgaben machte, schrie plötzlich meine Mutter. Zuerst konnte ich nicht verstehen, was passiert war. Sie hörte gar nicht mehr auf, zu schreien. Ich rannte runter ins Wohnzimmer und fragte, was denn los sei.

»Sie haben den Julius entführt, mein Gott, sie haben den elfjährigen Julius entführt«, schrie sie.

»Warum?«, fragte ich völlig verunsichert.

»Die wollen bestimmt Geld von der Familie. Die wollen das ganze Geld!«

Ich setzte mich auf die Couch, neben mir meine Mutter. Gemeinsam verfolgten wir die aktuellen Fernsehnachrichten.

Die Familie von Julius war genauso reich wie wir. Der kleine Julius war von der Schule nicht mehr nach Hause gekommen, und niemand wusste, wo er war. Jetzt wurde er in ganz Deutschland gesucht.

Von diesem Moment an holte ich jeden Morgen, bevor ich zur Schule ging, unsere Tageszeitung aus dem Briefkasten und setzte mich an den Frühstückstisch.

»Julius schon tot?«

So stand es auf der Titelseite.

Ich gab die Hoffnung nicht auf, dass Julius noch lebte. Da mein Vater in der Woche nie zu Hause war und meine Mutter keine Zeitungen las, nahm ich den Artikel mit in die Schule. In der Pause zog ich mich in eine stille Ecke zurück und begann alles über Julius zu lesen.

Sobald die Schule aus war, fuhr ich mit meinem Fahrrad zum Kiosk. Normalerweise brauche ich zehn Minuten, um dorthin zu kommen, aber heute war ich schon in fünf da. Der Besitzer kannte mich sehr gut, er hatte mich auch direkt erkannt und hat »Tag Junge!« gesagt.

Er wusste, dass unsere Familie sehr reich war, und konnte meine Situation, in der ich mich gegenwärtig befand, sehr gut verstehen.

Ich fragte ihn, ob er etwas Neues über Julius wissen würde. Für einen kleinen Moment verschwand er hinter seinem Verkaufsfenster und kam mit vier Zeitungen zurück, die er für mich extra zur Seite gelegt hatte.

In zwei Zeitungen war auf der Titelseite das Gesicht vom vermissten Julius zu sehen, in Farbe. Sein Gesicht werde ich niemals mehr vergessen. Er hatte auch so ein Lächeln wie ich - wenn ich in den Spiegel sah und mich freute. Das kam aber nicht sehr oft vor. Ich kaufte alle vier Zeitungen und fuhr schnell nach Hause, aß etwas und ging auf mein Zimmer. Niemand durfte mich stören. Die ganzen Zeitungsartikel über Julius habe ich Wort für Wort gelesen. Jedes Detail, jeder Hinweis war mir wichtig.

Ich überlegte, wer Julius entführt haben könnte. Viele Gesichter gingen mir durch den Kopf.

Mein erster Verdacht fiel auf den hässlichen Typen, der mit seinem Fahrrad öfter durch unser Villenviertel fuhr. Niemand kannte ihn persönlich. Er wohnte auch nicht hier. Ein großer Mann, der so knapp über zwei Meter war. Sein Gesicht war voller Pickel und Narben. Er trug immer eine dreckige graue Jacke. Sein Neid stand ihm ins Gesicht geschrieben. Wenn er an mir vorbeifuhr, schaute er zurück und verfolgte mich mit seinen Blicken. Er schien entschlossen zu sein, unser Geld stehlen zu wollen. Wahrscheinlich konnte er weder lesen noch schreiben. Eine ekelerregende Bestie, mit der keiner etwas zu tun haben wollte.

Nachdem ich alles gelesen hatte, legte ich die Zeitungsartikel in einen Schnellhefter hinein und versteckte ihn zwischen Matratze und Lattenrost.

Den Rest des Tages habe ich dann überlegt, wo das Arschloch den Julius hingeschleppt hatte. Vielleicht in die alte, heruntergekommene Festungsburg, die ganz in unserer Nähe lag. Hinter dichtem Gehölz gab es schwere Metalltüren, fast kaum sichtbar, die immer verschlossen waren. Keiner wusste, was sich dahinter verbarg.

Ich überlegte erneut, dann war ich mir sicher. Julius wurde irgendwo im Wald in einer Höhle festgehalten, wo niemand ihn sehen konnte. Er lag dort gefesselt und geknebelt und hatte keine Chance mehr, um Hilfe zu schreien.

Wahrscheinlich ging Julius zuerst freiwillig mit, weil er die Person kannte, ihm vertraute und alles total aufregend fand. Aber dann, ohne Vorwarnung, hat der angebliche Freund sein wahres Gesicht gezeigt und Julius zu Boden geschmissen. Dann hat das Arschloch angefangen, ihn zu schlagen und zu treten, solange bis

Julius nicht mehr geschrien hat, keinen Widerstand mehr leistete und endlich Ruhe gab.

Julius kann so laut schreien, wie er will. Aber niemand wird ihn hören. Bestimmt hat er keine Kraft mehr und stirbt bald.

Vielleicht hat der Typ ein langes Schlachtermesser in seiner Hosentasche versteckt und will ihm die Kehle durchschneiden oder den Bauch aufschlitzen. Wahrscheinlich reißt der Mann ihm gerade seine Eingeweide heraus und zerstückelt ihn bei lebendigem Leib.

Am nächsten Tag, nach der Schule, fuhr ich ins Stadtzentrum und kaufte mir einen Baseballschläger. Ich versteckte den Baseballschläger in einem Gebüsch auf unserem Grundstück. Am nächsten Tag, nach dem Mittagessen, startete ich meine Suche, zog den Baseballschläger aus dem Versteck heraus, packte ganz fest zu, sodass ich jederzeit zuschlagen konnte, und verließ die Villa. Ich ging Richtung Waldgebiet, wanderte am Waldrand unauffällig auf und ab und hielt Ausschau nach Julius, aber gesehen habe ich ihn nicht. Auch sonst habe ich nichts bemerkt.

Dann sah ich aus der Ferne den hässlichen Typ mit dem Narbengesicht auf seinem Fahrrad. Schnell versteckte ich mich im Gebüsch, sodass er mich nicht sehen konnte. Der Mann fuhr in den Wald und verschwand. Ich horchte in den Wald hinein, ob vielleicht irgendwelche Schreie zu hören waren, aber da war nichts.

Seitdem Vorfall mit dem Narbengesicht, bin ich nicht mehr alleine in den Wald gegangen. Julius Schicksal ließ mich nicht mehr zur Ruhe kommen. In dieser Zeit hatte ich auch keinen Kontakt mehr zu anderen Kindern, erst recht nicht zu Kindern, die ein komisches

Verhalten zeigten, und nicht so waren wie ich. Meine Eltern meinten, einige Menschen werden bereits böse geboren. Ich sollte aufpassen.

Gelegentlich hörte ich, wie meine Mutter mit meinem Vater redete, wie sie gemeinsam überlegten, die Sicherheitsvorkehrungen an unserem Haus zu verstärken. Meine Mutter erwähnte irgendetwas von einem Leibwächter, der mich von nun an bewachen sollte.

Kurze Zeit später, als klar war, dass der kleine Julius ermordet worden war, bekam ich eine Zeit lang einen Chauffeur, der mich morgens zur Schule brachte und wieder abholte.

Mein Vater hat mir erzählt, dass der Entführer von dem Lösegeld, das man bei ihm in der Wohnung fand, einen Mercedes bestellt hatte. So ähnlich, wie wir ihn haben.

Nach dem Mord an Julius blieb ich lange Zeit alleine.

Den ersten Freund, den ich wieder nach Hause mitnahm, hieß Mike. Ein Junge aus der Nachbarklasse. Mit den anderen Schülern aus meiner eigenen Klasse konnte ich nie so richtig etwas anfangen. Sie waren mir alle zu langweilig.

Als Mike vor dem Einfahrtstor stand und klingelte, holte ich ihn ab. Mein Vater wartete an der Haustür und hatte genügend Zeit, ihn aus der Ferne zu begutachten. Im Vorfeld hatte ich ihm schon alles über Mike erzählt, was ich so wusste. Das wusste aber Mike nicht.

Jedes Detail, das ich über ihn wusste, war meinem Vater wichtig. Ich bin zweimal mit Mike ins Kino gegangen und mein neugieriger Vater wollte nicht nur wissen, welchen Film wir uns angeschaut hatten, sondern auch, was Mike über den Film gedacht hatte.

Ich habe gesagt, dass ich das nicht wissen würde, weil ich ihn nicht danach gefragt hätte. Aber er müsse doch irgendetwas zu mir gesagt haben, meinte mein Vater. Natürlich hätte er was zu mir gesagt, erwiderte ich. Er hätte gesagt, dass der Film ganz »okay« war und gefragt, ob »wir jetzt noch `ne Pommes frites essen gehen?«

Das taten wir dann auch. Dann hörte mein Vater auf, mir weitere Fragen zu stellen.

Ich zeigte Mike unsere Villa. Wir gingen in den Garten und setzten uns auf die Hollywoodschaukel. Wir blickten auf den großflächigen Rasen und schauten zu, wie das Wasser aus dem Brunnen heraussprudelte und in den Fischteich floss.

Mike sagte, er hätte so eine schöne Villa noch nie gesehen und fragte mich, wie viel mein Vater denn im Monat verdienen würde. Ich sagte, dass ich das nicht wissen würde, über Geld spricht er nicht.

Nachdem ich Mike die ganze Gartenanlage gezeigt hatte, fragte ich ihn, ob er Hunger hätte.

»Cool, etwas zu essen, wäre jetzt nicht schlecht«, antwortete er.

Ich bat ihn, in unsere Küche zu gehen und das Essen zu holen. Im Kühlschrank stünde eine große grüne Salatschüssel, die nicht zu übersehen sei. Da wären Nudelsalat und kleine Frikadellen drin. Auf dem Küchentisch lägen Besteck und Teller.

Mike sprang auf und ging in die Küche.

»Bring alles mit!«, rief ich hinterher.

Auf den Deckel der Salatschüssel, die im Kühlschrank stand, hatte ich drei Zweieuromünzen gelegt. Das wusste aber Mike nicht.

Ungeduldig wartete ich darauf, dass er zurückkam. Ich schaute auf die Uhr. Die Minuten vergingen nur sehr langsam. Eigentlich hätte er schon längst wieder zurück sein müssen. Aber vielleicht war er auf die Toilette gegangen oder hatte in der Küche etwas Schönes entdeckt und angeschaut.

»Da bist du ja wieder!«, sagte ich.

»Ja, die Frikadellen riechen schon richtig lecker.«

Mike übergab mir die Salatschüssel. Auf dem Deckel lagen die Teller und das Besteck, aber kein Geld. Mike setzte sich auf die Hollywoodschaukel, während ich Teller und Besteck vom Deckel nahm.

Die drei Zweieuromünzen waren weg.

Das Ganze ist mir direkt sehr nahegegangen.

»Moment«, sagte ich und rannte in die Küche.

»Was ist los?«, rief Mike.

»Moment!«, schrie ich zurück.

Ich öffnete den Kühlschrank und sah, dass die drei Zweieuromünzen verschwunden waren. Ich hatte keine Zweifel, Mike hatte das Geld eingesteckt. Jetzt wusste ich, dass er gierig war und keine Hemmungen hatte, seinen besten Freund zu bestehlen. Mike war böse.

Während des Essens haben wir nicht viel miteinander geredet.

»Was ist los?«, fragte Mike.

»Nichts«, sagte ich.

Nachdem er fertig gegessen hatte, bat ich ihn, zu gehen.

»Warum denn so früh?«, fragte er enttäuscht.

»Geh einfach!«, sagte ich, »ich will dich auch nicht mehr wiedersehen.«

Mike ist sofort aufgestanden und gegangen. Ich bin sitzen geblieben.

Später ging ich auf mein Zimmer, schloss die Tür zu und spielte Playstation. Ich ballerte alles weg, was mir in den Weg kam.

Als ich mit Mutter und Vater am Abendtisch saß, fragte mich meine Mutter: »Sind die drei Zweieuromünzen von dir?«

In ihrer rechten Hand hielt sie drei Zweieuromünzen.

»Woher hast du die?«, fragte ich.

»Die lagen ordentlich übereinandergestapelt neben der Küchenspüle.«

»Ja«, sagte ich, »die muss ich dort vergessen haben.«

»Das ist viel Geld«, sagte mein Vater, »pass sehr gut darauf auf.«

Ich nahm die drei Zweieuromünzen und steckte sie mir in die Hosentasche und dachte an Mike.

Nach diesem Vorfall ist der Kontakt zu Mike abgebrochen. Ab und zu traf ich ihn auf dem Pausenhof.

Im Vorbeigehen habe ich »Hallo« gesagt.

Aber er hat nicht mehr geantwortet.

NEUN

Es war Mittagspause. Ben, Richard, Jonas und ich
saßen auf der Parkbank im Schatten der Bäume. Für
eine weitere Person war kein Platz mehr.

Wir beobachteten die anderen Schüler, wie sie an uns
vorbeigingen, hörten zu, was sie so erzählten, kom-
mentierten ihre Aussagen und machten dumme Sprü-
che. Jonas begann, Faxen zu machen und Grimassen zu
schneiden.

Wenn es regnete, hielten wir uns nicht auf dem Pausenhof vor dem Turm auf, sondern standen oft unter
dem großen Vordach der Sporthalle. Im Winter, wenn
es draußen zu kalt war, verließen wir nur selten das
Innengebäude, blieben im Speisesaal sitzen oder wech-
selten in den Eingangsbereich und setzten uns dort auf
die Fensterbank.

Aber egal ob Sommer oder Winter, wir liefen immer
zu viert oder zu zweit herum, Ben und ich oder
Richard und Jonas. Dass jemand von uns alleine her-
umlief, das gab es nicht.

Eines Tages fiel mir auf, dass Jonas den Mittagstisch sehr früh verließ, während wir alle mit dem Essen noch nicht fertig waren. Ohne ein Wort zu sagen, stand er auf und ging raus. Bei diesem einen Mal blieb es aber nicht. Das geht ja mal gar nicht, habe ich gedacht.

Als wir eine Woche später wieder zu Tisch saßen, heute aß ich Hähnchen Curry mit Reis, fragte ich Jonas, was er nach dem Essen denn so machen würde.

»Warum fragst du?«, erwiderte Jonas.

»Weil du nach dem Mittagessen so früh abhaust und danach nicht aufzufinden bist«, sagte ich.

»Keine Ahnung«, antwortete Jonas, »laufe halt so in der Gegend rum. Oder ist das mittlerweile verboten?«

»Nein«, sagte Richard.

»Und nach dem Nachmittagsunterricht?«, fragte ich.

»Da mache ich auch nichts anderes als sonst«, murmelte Jonas.

»Und mit wem redest du dann so?«, fragte ich.

Jonas wurde leicht nervös, als er meine Frage hörte, so, als ob ihn jemand auf frischer Tat ertappt hätte.

»Bin für mich allein unterwegs«, sagte er und schaute auf seinen Teller.

Ben fragte mich, warum ich denn so konkrete Fragen stellen würde, ob etwas passiert sei, was er wissen müsste.

»Nein, nein«, sagte ich, »einen konkreten Grund gibt es nicht.«

»Meistens rede ich mit mir selbst«, antwortete Jonas. »Natürlich so in Gedanken, versteht ihr?«

»Natürlich«, sagte Richard und lächelte Jonas an.

»Ich will einfach mal ein bisschen Zeit für mich alleine haben«, sagte Jonas, »irgendwie komme ich auf dem Internat nicht mehr zur Ruhe, immer ist irgendetwas und irgendwo passiert was.«

Exakt in diesem Moment versuchte Richard, mir meine Hähnchenkeule vom Teller wegzunehmen. Mit der Gabel stach ich ihm in den Handrücken.

»Bist du bescheuert!«, schrie Richard.

»Wieso?«, fragte ich.

»Ich blute! Bist du bescheuert?«

»Dann nimm mir halt nichts weg«, sagte ich mit ruhiger Stimme und blieb gelassen.

»Mann, du musst doch nicht direkt so fest zustechen! Das sollte doch nur ein Spaß sein!«

Ich habe ihm nicht geantwortet. Die anderen schüttelten den Kopf und schwiegen.

Ich positionierte mein Menümesser rechts neben meinem Teller, rückte es ganz gerade, so, dass die Messerspitze genau auf Jonas Körper zielte, der mir gegenübersaß, und machte mir Gedanken über seine Zukunft.

Ich musste mir bei Jonas absolut sicher sein und hakte noch mal nach. »Und sonst redest du mit keinem außer uns, oder wie?«

»Doch, doch, mal mit dem, mal mit jemand anderem«, antwortete Jonas, »aber meist vergesse ich schnell wieder, mit wem ich geredet habe.«

Während ich Jonas zuhörte, stieg Wut in mir auf. Ich hatte das Gefühl, dass er mich angelogen hat.

Drei Tage später verließ Jonas den Speisesaal erneut alleine, ohne etwas zu sagen.

Niemand von uns reagierte.

Als wir mit dem Essen fertig waren, fragte mich Ben, ob wir auch rausgehen sollten. Ich sagte, er hätte wohl vergessen, dass ich heute Pausenaufsicht mit Kai zusammen hätte.

»Stimmt, ach so. Warum hast du dich denn auch freiwillig dafür gemeldet?«, fragte Ben und schüttelte den Kopf.

Ich zuckte die Achseln und sagte, ich würde hier sitzen bleiben und auf Kai warten, der mich hier abholen käme. Ben und Richard verließen den Speisesaal.

Als Kai endlich kam, gingen wir raus aufs Schulgelände. Kai und ich waren in derselben Stufe, aber ansonsten hatte ich mit ihm nichts zu tun.

Kai hielt den Pausenaufsichtsplan in der Hand und erklärte mir den zugehenden Kontrollweg, den die Internatsleitung definiert hatte.

Ich überlegte, wo Jonas sich draußen aufhalten könnte. Auf dem Pausenhof vor dem Turm war er nicht zu sehen.

»Lass uns mal auf den Besucherparkplatz gehen«, sagte ich zu Kai, »nicht, dass sich da irgendjemand unerlaubt rumtreibt.«

»Aber wir müssen doch erst einmal −«.

»Nein, müssen wir nicht. Vergiss deinen Plan«, sagte ich. »Auf dem Besucherparkplatz passieren oft die schlimmsten Sachen.«

»Stimmt! Da passieren die schlimmsten Sachen.«

»Die nehmen da Drogen«, fügte ich hinzu.

»Ja«, sagte Kai, »das geht nicht.«

»Genau«, fügte ich hinzu, »derjenige muss dann auch direkt vom Internat runterfliegen.«

»Ja, sofort runter hier, ohne zu diskutieren.«

»Richtig, Kai, so sind die Regeln.«

»Ja, die Regeln sind halt so.«

Als beauftragte Pausenaufsicht trug ich eine große Verantwortung. Sollte ich als Pausenaufsicht Jonas mit

Drogen erwischen, müsste ich ihn bei der Internatsleitung sofort melden, und danach würde es nicht lange dauern, bis Jonas vom Internat runterfliegt.

Ich war fest entschlossen, die Internatsregeln knallhart umzusetzen.

Vom Besucherparkplatz hatten wir einen guten Rundumblick über das Außengelände des Internats. Der Parkplatz lag auf einer kleinen Anhöhe. Wir konnten den Zufahrtsweg und gleichzeitig das Eingangstor und die Strecke bis zum Turm beobachten. Auch hatten wir einen guten Überblick darüber, wer sich am Innen- und Außenzaun aufhielt.

Kai und ich wanderten auf dem Besucherparkplatz auf und ab, aber von einem Jonas war bisher nichts zu sehen. Auch sonst trieb sich keiner hier rum. Das hing wahrscheinlich damit zusammen, dass das Betreten des Außengeländes während des Schulunterrichts und in den Pausenzeiten strengstens untersagt war.

Aber normalerweise hielten sich nicht alle daran. Zwei oder drei Schüler wurden immer erwischt. Nur heute war es wirklich zum Verrücktwerden. Niemand war außerhalb des Schulgeländes unterwegs.

Irgendwie fühlte ich mich unzufrieden, denn allzu gerne hätte ich als Pausenaufsicht die Möglichkeit genutzt, andere zurechtzuweisen.

Ich hätte dem Schuldigen klargemacht, dass ich jetzt etwas zu sagen hatte, dass mir Macht übertragen wurde, gesagt, dass die Internatsleitung mir vertraut, und dass ich fest entschlossen bin, die Schulregeln zu hundert Prozent umzusetzen.

Ich hätte dem Schüler zu verstehen gegeben, dass ich bei ihm keine Ausnahme machen kann, denn ich wollte die Internatsleitung nicht enttäuschen.

Aber es war niemand da, den ich hätte zurechtweisen dürfen.

Kai und ich verließen den Außenbereich, gingen in den Innenhof und spazierten entlang des abgesteckten Innenzauns.

Der Zaun war nicht besonders hoch, kein Drahtzaun oder so, an dem man sich hätte verletzen können, wenn du drübersteigst, um aufs Außengelände zu gelangen. Es war ein einfacher Holzzaun, maximal achtzig Zentimeter hoch, der an manchen Stellen schon morsche Stellen hatte.

Alle Schüler wussten, wer den Zaun übersteigt und dabei erwischt wird, der hat die Regeln verletzt und musste gemeldet werden. Aus welchem Grund der Schüler das tat, hätte mich als offizielle Pausenaufsicht nicht interessieren dürfen.

Als wir die Sportanlage erreichten, sahen wir zwei Personen, die unter einem Baum standen.

Ich sagte zu Kai, er solle hier kurz warten, ich würde mich alleine an die beiden heranschleichen, um zu sehen, um welche Schüler es sich da handeln würde.

»Wieso heranschleichen?«, fragte Kai, »die beiden stehen doch ganz legal auf dem Boden des Innengeländes.«

Ich sagte, es wäre nicht auszuschließen, dass die beiden Drogen konsumieren. Das könnte ich von hier nicht sehen. Und wenn sie uns zu früh entdecken sollten, würden sie die Drogen wegschmeißen und wir hätten keine Beweise.

»Okay«, sagte Kai und nickte mit dem Kopf.

Ich schlich mich ganz eng an der Außenwand der Sporthalle entlang. Nach wenigen Metern stoppte ich und erkannte die beiden Schüler, sie waren gut und klar zu erkennen.

Es waren Jonas und Louis. Sie unterhielten sich, ab und zu wurde auch gelacht. Ich war zu weit entfernt, um hören zu können, was sie sich erzählten. Aber einen Joint rauchten sie nicht. Louis hatte ein sehr lautes Lachen, das ich widerlich fand.

Es war mittlerweile nicht das erste Mal, dass ich die beiden zusammen gesehen hatte. Ben und Richard wussten davon nichts. Bis jetzt hielt ich es nicht für zweckmäßig, sie darüber zu informieren.

Zuerst dachte ich, die Gespräche zwischen Jonas und Louis wären ganz normale Unterhaltungen gewesen, die sich in einem Internat nicht vermeiden ließen, sogenannte Zufallsgespräche. Aber nun sah ich, dass das nicht stimmte. Beide hatten sich von den anderen Schülern bewusst entfernt, um unbeobachtet quatschen zu können.

Es gab keinen Zweifel, Jonas hatte unsere Regeln gebrochen. Die Gruppe hintergangen.

Einige Wochen später, es war neun Uhr abends, hielt ich mich mit Ben im Freizeitraum auf. Wir hatten endlich wieder ein bisschen Zeit zur freien Verfügung. Die Klausuren, die ich geschrieben hatte, waren eher durchschnittlich bis schlecht ausgefallen, aber sie lagen jetzt hinter mir. Allerdings tat ich auch nur das Notwendigste dafür, um sie zu bestehen. Ben war da anders. Er war sehr verbissen, was das Lernen anging.

Wir lagen gemütlich im Sitzsack, streckten die Beine über den Boden aus und warteten darauf, dass der Billardtisch frei wurde.

Vor zwei Monaten wurde der Freizeitraum komplett neu renoviert. Wir hatten jetzt zwei neue Computer, dazu einen Fernseher mit Spielekonsole und einen Poolbillardtisch. Seitdem war der Raum immer gut be-

sucht. Neuerdings wurden oft Fantasiekartenspiele gespielt, da musste man Orks töten. Aber das hat mich
nicht besonders interessiert.

Als der Billardtisch endlich frei wurde, und Ben den
ersten Stoß gemacht hatte, ging der übliche Streit zwischen uns los, darüber, welche Billardkugel zuerst ins
Loch hineingefallen war.

»Ich hab die Vollen.«

»Nein, du hast die Halben!«

»Stimmt doch gar nicht! Zuerst ist eine Volle reinge-
gangen, also hast du die Halben, also hör auf rumzu-
labern!«

»Ok, dann bin ich jetzt dran, und nach meinem Stoß
entscheiden wir endgültig, ob ich die Halben habe oder
du. Aber wenn ich jetzt eine Volle reinhaue, dann
nimmst du aber definitiv die Halben.«

»Mmh, mach erst mal, dann sehen wir ja, ob ich die
Halben hab und du die Vollen. Auf jeden Fall liegen
die Vollen besser.«

Das ging jedes Mal so.

Plötzlich kam Jonas zur Tür herein. Ich erkannte
sofort, dass sein Gang anders war als sonst. Er ging
schneller als üblich und schaute sich im Raum um, wer
alles da war.

»Hey!«, sagte Jonas.

»Hey!«

Jonas bat uns eindringlich, sofort das Billardspiel zu
beenden und mit ihm rauszugehen. Er wollte uns
etwas mitteilen und niemand sollte uns zuhören. Wir
gingen in einen Nebenraum, so eine Art »kleine Küche«. Hier hatten wir die Möglichkeit, wenn wir Freizeit hatten, uns etwas zu trinken zu machen, Tee oder
so. Oder man konnte sich Getränke aus einem Auto-
maten ziehen.

Ich zog mir eine Cola und machte die Tür zu. Wir setzten uns auf die Sitzbank. Die Sitzecke war unbequem, alt und hässlich, und das Sitzpolster war mit dunklen Flecken verdreckt. Wenn das Fenster nicht geöffnet wurde und keine frische Luft reinkam, dann roch es schnell muffig. Warum der Raum bisher noch nicht renoviert wurde, das weiß ich auch nicht.

»Was ist los?«, fragte ich, »du bist ja total aufgeregt.«

»Du bist ja völlig von der Rolle!«, fügte Ben hinzu.

Als Jonas anfing zu erzählen, ging plötzlich die Tür auf und ein Schüler aus der Unterstufe kam herein. Er wollte ein Getränk ziehen.

»Kannst du nicht anklopfen?«, fragte Ben.

Der Schüler blieb in der Tür stehen und schaute uns dumm an.

»Warum sollte ich?«, fragte er.

»Weil es sich so gehört!!!«, schrie ich.

Eingeschüchtert vom Gebrüll ging der Schüler wieder raus und knallte die Tür hinter sich zu.

»Geht das auch etwas leiser?!«, schrie Ben hinterher.

Jonas stand auf, ging zur Tür und überprüfte, ob sie wirklich geschlossen war, kam wieder zurück und setzte sich, dann sagte er: »Ich weiß gar nicht, wo ich anfangen soll. Es ist etwas Schlimmes passiert.«

Jonas legte sein Gesicht in die Hände und blieb stumm. Zuerst dachte ich, er würde zu weinen anfangen.

Ben legte seinen rechten Arm um Jonas Schulter und fragte: »Was ist los? Ist jemand gestorben?«

Jonas schaute gegen die Wand.

»So, jetzt sag schon. Was ist passiert?«, hakte Ben nach.

»Ich werde gemobbt. Ich erlebe gerade einen fürchterlichen Shitstorm«, sagte Jonas ganz leise und legte sein Gesicht wieder in die Hände.

»Wie gemobbt?«, fragte ich.

»Im Internet«, antwortete Jonas, »auf Facebook.«

»Wie denn?«, fragte Ben, »und von wem?«

Jonas sagte, seit Beginn der Klausuren hätte er sich eine social media Auszeit gegönnt und vorgestern nach langer Zeit sein Facebook-Profil wieder besucht. Und nun stünden unter einem Foto, das er vor zwei Wochen bei Facebook hochgeladen hatte, Scheißkommentare.

»Was für ein Foto? Was für Kommentare?«, fragte ich.

»Ein Partyfoto von einem Discobesuch«, sagte Jonas. »Auf dem Foto bin ich und mein bester Freund zu sehen.«

»Na und?«, sagte Ben, »Wo ist das Problem?«

Auf dem Foto hätten er und sein bester Freund ganz eng beieinandergestanden, Kopf an Kopf, sich umarmt und gelacht.

Jonas schüttelte den Kopf.

»Wo ist das Problem?«, fragte Ben.

»Da steht jetzt, dass wir schwul sind und es wird behauptet, dass alle in unserem Dorf das wüssten«, sagte Jonas.

»Und stimmt das mit dem Schwulsein?«, fragte ich.

»Quatsch!«, schrie Jonas.

Ben schaute mich an und sagte: »Stell doch jetzt nicht so dumme Fragen!«, und drehte sich wieder zu Jonas hin. »Kennst du den Typen, der das geschrieben hat?«, fragte Ben.

»Nein«, antwortete Jonas und seine Stimme wurde zittrig.

Natürlich hätte er das Facebook Profil von dem Scheißtyp sofort überprüft, aber der Typ existiert gar nicht. Es gab keine Chance seine wahre Identität herauszufinden. Außerdem meinte Jonas, dass das Foto in einer Disco entstanden wäre, in der tatsächlich auch mal Schwulenpartys stattfinden würden.

»Also doch eine Schwulendisco?«, fragte ich.

»Nein! Nein! Nein!«, schrie Jonas.

»Halt doch jetzt mal dein Maul!«, sagte Ben.

Ben meinte zu Jonas, er solle sich erst mal beruhigen und legte wiederholt seinen Arm um Jonas Schulter.

»Lass das! Finger weg!«, schrie Jonas und riss Bens Arm von der Schulter.

Ben versuchte, ihn zu besänftigen. »Nimm das Ganze doch nicht so ernst.«

Ich sagte, ich wäre da anderer Meinung als Ben, so gelassen dürfte man das nicht sehen, denn mit Gerüchten wäre nicht zu spaßen. Wenn solche Gerüchte erst mal die Runde gemacht hätten, sagte ich, dann bliebe da immer etwas hängen.

»Stand in den Kommentaren auch was Positives?«, fragte Ben.

»Nein, keine Ahnung«, antworte Jonas, »ich habe sie nicht alle gelesen. Das war mir irgendwann zu viel.«

»Und warum erzählst du uns das erst jetzt und nicht schon vorgestern?«, fragte Ben.

»Weil heute auch der Kevin aus der Unterstufe einen Kommentar unter das Foto geschrieben hat.«

»Was denn?«, fragte ich.

»Mmh«, zögerte Jonas.

»Nun sag schon.«

Er hätte »hallo Jonas! Wusste gar nicht, dass wir `ne Schwuchtel auf`m Internat haben!« reingeschrieben.

»Jetzt wissen alle im Internat von der Sache«, sagte Jonas. »Deswegen habe ich mich entschlossen, euch davon zu erzählen, bevor ihr das von den anderen Schülern erfahrt.«

»Ich glaube nicht, dass Kevin das hier schon überall rumerzählt hat. Den kenne ich so fies ja gar nicht«, sagte Ben.

Jonas stand auf, ging zum Fenster und schaute raus.

»Hast du die Scheiße gelöscht?«, fragte ich.

»Ja, gerade eben. Das Foto und die ganzen Kommentare«, sagte Jonas.

»Dann ist doch alles wieder okay«, meinte Ben.

Jonas machte sich Vorwürfe, dass er sein Facebook-Profil nicht regelmäßig besucht und kontrolliert hatte. Die ganze Angelegenheit wäre für ihn eine Katastrophe. Auch weil er nicht ausschließen konnte, dass seine Familie auf sein Facebook-Profil gegangen sei, um zu erfahren, wie und mit wem er seine Zeit verbringt. Bei diesem Gedanken wäre es ihm schlecht geworden. So dreckig wie jetzt hätte er sich noch nie in seinem Leben gefühlt.

Als ein paar Tage vergangen waren, schien die Sache vergessen zu sein. Jonas machte wieder einen fröhlichen Eindruck, und wir redeten nicht mehr darüber.

Irgendwann abends auf dem Flur fing ich Richard ab und sagte, er solle mal mit auf mein Zimmer kommen. Ich schaute, dass uns keiner sah. Zuerst sträubte er sich, aber dann kam er doch mit. Als wir im Zimmer waren, fragte ich ihn, was denn nun passieren würde. Er meinte, er hätte zwar das Passwort von Jonas herausfinden können, aber die Sache so durchziehen, wie ich mir das vorstellen würde, dazu wäre er nicht bereit. Er könnte das nicht weiter verantworten.

»Warum?«, fragte ich.

»Ich kann nicht mit Jonas reden, und so tun, als wenn ich nichts mit der Sache zu tun habe.«

Richard wollte weggehen. Ich packte ihn am Arm und hielt ihn fest.

»Das, was bisher passiert ist«, sagte ich, »reicht nicht aus. Verrat ist keine Bagatelle. Und außerdem hat Jonas noch keine Reue gezeigt und trifft sich weiterhin mit Louis.«

»Aber was habe ich damit zu tun?«, fragte Richard, »mir ist es eigentlich scheißegal, mit wem Jonas sich so trifft. Wenn er meint, er muss sich mit Louis treffen, dann soll er sich mit ihm treffen, oder etwa nicht?«

»Nein«, sagte ich und machte ihm klar, dass er mit seinen Ansichten falsch liegen würde, denn schließlich hätten wir gemeinsam beschlossen, dass Louis unser Feind ist und wir ihn ignorieren. Ich forderte Richard auf, weiterzumachen, bis Jonas Strafe vollzogen sei, und er die Regeln wieder akzeptiert.

»Aber ich habe dir doch schon bewiesen, dass ich dazugehöre.«

»Nein«, sagte ich.

»Warum verlangst du das von mir?«, fragte Richard.

»Weil ich es kann und darf.«

»Was meinst du?«

»Ich habe mir schon selbst bewiesen, dass ich es kann, andere zu bestrafen. Das ist mein Recht. Nun bist du an der Reihe, mir zu zeigen, auf welcher Seite du stehst, Richard.«

»Aber können wir bei Jonas denn keine Ausnahme machen?«, fragte er.

»Nein«, sagte ich, »ich muss wissen, ob wir dir vertrauen können, und du unsere Werte teilst. Was Jonas betrifft, musst du genauso handeln und fühlen wie ich.«

»Ich kann das aber nicht.«

»Doch kannst du. Es geht um die Existenz unserer Gruppe. Jonas ist ein Verräter, er ist gegenwärtig auf einem Irrweg. Das ist seine eigene Schuld.«

»Ich weiß. Aber müssen wir ihn so verletzen?«

»Wir müssen ihn bestrafen, damit er wieder zu uns findet. Das ist nur gut gemeint.«

»Aber ich habe dabei ein schlechtes –.«

»Du musst Jonas als etwas Fremdes in deinem Bewusstsein abspalten, weil er nicht mehr zur Gruppe dazugehört. Wenn du ihn bestrafst, dann ignoriere dabei alle Gemeinsamkeiten mit ihm.«

Richard senkte seinen Kopf und schaute auf den Boden. Ich zog seinen Kopf hoch und schaute ihm in die Augen.

»Glaub mir, das funktioniert. Das hat in der deutschen Geschichte schon so oft funktioniert.«

»Aber führen doch keinen Krieg gegen Jonas.«

»Nein, natürlich nicht, Richard. Denk nicht so viel darüber nach und mach einfach. Alles wird gut, ich verspreche es dir. Wir wollen Jonas nur wieder zurückhaben.«

»Und was denkt Ben darüber?«, fragte Richard.

»Er denkt genauso wie ich und teilt meine Meinung. Aber sprich ihn nicht darauf an, denn eigentlich dürfte ich mit dir darüber nicht sprechen«, sagte ich. »Wenn er erfährt, dass du gezweifelt hast, dann wird er sauer sein.«

Richard überlegte. Er wischte sich mit den Händen den Schweiß von der Stirn und schien an meinen Worten zu zweifeln.

»Hast du verstanden, Richard? Kein Wort zu Ben, ok? Ansonsten gibt es Ärger!«

»Ja«, sagte Richard.

»Dann geh jetzt und mach endlich deine Hausaufgaben. Das Passwort hast du ja jetzt.«

Zwei Tage später.

Ben und ich spielten im Freizeitraum Billard, als Jonas zur Tür reinkam. Er war total aufgelöst und an seinen Augen konnte ich sehen, dass er geweint hatte. Ben hatte bereits eine düstere Vorahnung und beendete das Billardspiel vorzeitig, indem er alle Kugeln mit der Hand in die Löcher hineinschob.

Wir gingen in den Nebenraum. Zwei jüngere Schüler, die gerade dabei waren, sich einen Tee zu kochen, schmiss ich kurzerhand raus.

Wir setzten uns. Jonas legte sein Gesicht in die Hände und fing an zu weinen.

»Scheiße«, sagte Ben. »Was ist los, Jonas?«

Jonas hatte kurzzeitig seine Stimme verloren und wischte sich die Tränen aus dem Gesicht.

»Nun erzähl schon.«

Er erzählte, dass sein Facebook-Profil geknackt wurde. Jemand hätte sein Passwort herausgefunden und in seinem Namen das alte Foto mit seinem besten Freund neu hochgeladen und auf das Foto ein Spruch geschrieben.

»Und was?, fragte Ben.

JA, DAS STIMMT! ICH BIN SCHWUL!

»Scheiß Fotomontage«, sagte Ben.

»Ja«, sagte Jonas, »jetzt denken alle, ich hätte das geschrieben und das Foto hochgeladen.«

»Dann stell klar, dass das nicht stimmt und jemand dein Facebook-Profil geknackt hat«, sagte Ben.

»Das glaubt mir doch keiner.«

»Stimmt«, sagte ich.

Aber das wäre noch nicht alles gewesen, erzählte Jonas. Unter dem Foto hätten dann einige Personen ihre hässlichen Kommentare geschrieben.

»Und was?«

»Mmh, da stand zum Beispiel: ›Du bist ein arschgefickter Homo!‹ und ›Schwuchtel!‹ Ein Kommentar war mit einem Link zu einem Pornofilm versehen worden, der zwei Männer mit Sex zeigt.«

Ben wollte sofort losrennen und sein Laptop holen, um selbst nachzuschauen. Jonas hielt ihn auf und sagte:

»Das bringt nichts. Ich habe gerade eben mein Facebook-Profil deaktiviert und einen Löschauftrag losgeschickt. Ich bin auf Facebook nicht mehr zu finden. Und meinen Instagram Account habe ich sicherheitshalber auch deaktiviert«, sagte Jonas.

Ben war ratlos und wusste nicht mehr, was er sagen sollte. Jonas meinte, dass jetzt alle über ihn lachen würden.

»Du hast aber noch uns«, sagte ich.

Nachdem Jonas alle seine User-Profile im Internet endgültig gelöscht hatte und etwas Zeit verging, wurde über das Thema nicht mehr gesprochen.

Ab und zu fragte Ben die anderen Schüler, ob sie vom Mobbing etwas mitbekommen hätten, aber jedes Mal bekam er dieselbe Antwort: »Nein, nichts.«

Eines Tages, als wir uns belanglose Storys in der Pause erzählten, welcher Schüler bei welchem Lehrer schlecht aufgefallen war und wer mal wieder eine Einzelshow im Unterricht abgezogen hatte, hörten wir plötzlich großes Gelächter.

Vier Schüler standen nicht weit von uns entfernt und machten Witze. Ein Schüler erzählte einen Schwulenwitz.

»Habt ihr das gehört?«, fragte ich, »der Typ hat Schwule beleidigt.«

»Na und, was haben wir damit zu tun?«, fragte Richard.

»Der hat den Jonas gemeint, da bin ich mir sicher«, sagte ich. »Lass mal da rübergehen!«

Als ich losgehen wollte, hielt mich Jonas fest und sagte, ich sollte das nicht machen. Er würde damit schon klarkommen.

Ich sagte, dass das aber nicht gehen würde, so was könnten wir uns als Gruppe nicht gefallen lassen. Ich riss mich von Jonas los und ging auf den Typen zu. Die anderen folgten mir.

Der Typ, der den Witz gemacht hatte, war gerade dabei, einen Schluck aus seiner Wasserflasche zu nehmen.

Ich kam ihm immer näher.

Als ich zwei Schritte hinter ihm war, holte ich mit der flachen Hand aus und schlug ihm auf den Hinterkopf. Der Typ stolperte nach vorne und die Wasserflasche flog ihm aus der Hand auf den Boden. Dann habe ich ihm mit voller Wucht zweimal ins Gesicht geschlagen. Der Typ ist sofort zu Boden gegangen und liegen geblieben.

Ich trat die Wasserflasche weg, und als ich versuchte, ihn in den Bauch zu treten, stellte sich Jonas dazwischen. Daraufhin ließ ich von ihm ab.

Ich beschimpfte den Typen noch als »Wichser« und »Arschloch«, bevor wir weggingen.

»Danke, Tim, dass du das für mich getan hast, aber das wäre nicht nötig gewesen. Ich kann mich schon selbst verteidigen«, sagte Jonas.

Aber das stimmte nicht. Jonas war nicht der Typ, der sich selbst verteidigen konnte.

Ich sagte, es wäre jetzt besser, wenn wir den Kontakt zu den anderen Schülern erstmal komplett abbrechen würden, bis sich die Angelegenheit beruhigt hätte und die Schlägerei vergessen ist.

Jonas meinte, dass er schon längst keinen Kontakt mehr zu anderen Schülern hätte.

»Und was ist mit Louis?«, fragte ich. »Hast du den getroffen?«

»Nein«, sagte Jonas.

»Ehrlich?«, fragte Richard.

»Ja«, sagte Jonas. »Du weißt doch, Richard, ich habe dich noch nie belogen.«

Ich konnte Jonas wieder vertrauen.

Ich war kein schlechter Freund, aber ich duldete keinen Verrat.

ZEHN

»Die Beerdigung war ein Riesending«, sagte Ben.

Es war wieder Sonntagabend. Ich war in Bens Zimmer und öffnete das Fenster, damit es nicht nach Joint roch.

»So eine lustige Beerdigungsfeier habe ich noch nicht erlebt. Am Ende waren alle begeistert, Tim.«

»Echt?«, fragte ich.

»Hundertpro!«

Bens Oma war letzte Woche gestorben. Sie wurde über neunzig Jahre alt. Zur Beerdigung wären ganz viele Menschen gekommen, erzählte Ben. Anschließend seien sie alle ins Restaurant zur »lustigen Tant« gegangen. Nicht nur die Kinder, Enkelkinder, Onkel, Tanten, Cousins und so, sondern auch wildfremde Personen, die keiner kannte. Alle hätten sie auf einmal behauptet, die Oma von der Straße her gekannt zu haben.

»Überprüft, ob das stimmt, hat keiner«, sagte Ben. »Die haben sich über das Buffet hergemacht, das kannst du dir nicht vorstellen. Da war so ein dicker Mann, den keiner kannte. Der ließ sich ordentlich den Teller vollmachen und hat zum Koch gesagt: ›Komm, tu noch `ne Portion extra Fleisch drauf. Ich hab de Oma gut gekannt.‹ Und beim Nachtisch ist er dreimal zum Buffet gelaufen. Wir haben ihn alle misstrauisch angeschaut. Aber jedes Mal hat er dann gesagt: ›De Oma war `ne gute Mensch.‹ Wir haben dann auch nicht weiter nachgefragt. Ich glaube, der hat das nur gesagt, damit er kein schlechtes Gewissen haben musste. Aber egal, am Ende waren wir alle besoffen und haben zusammen getanzt. Da hat es dann niemanden mehr interessiert, wer die Oma tatsächlich gekannt hatte und wer nicht.«

Ich fragte Ben, ob er wüsste, ob seine Oma ein glückliches Leben gehabt hatte.

»Na klar«, sagte Ben. Er hätte bei ihr am Sterbebett gesessen und sie hätte zu ihm gesagt, dass sie bald glücklich und zufrieden die Welt verlassen würde.

Bei mir war das ganz anders.

Mein Opa ist gestorben, da war ich noch ganz klein. Als ich irgendwann nach der Schule nach Hause kam, stand vor unserer Villa ein Krankentransporter. Pfleger brachten Opa, den Vater meiner Mutter, in einem Rollstuhl in unser Gästezimmer. Er lag dann da im Bett und hatte sich nicht mehr bewegt. Ich schaute ihn an. Opa konnte aber nix mehr sagen.

»Mach dir keine Sorgen«, sagte meine Mutter und zog die Bettdecke über Opas Beine, »Opa wird schon wieder. Opa bleibt so lange bei uns, bis er wieder gesund ist.«

Dann wollte meine Mutter mich aus dem Gästezimmer raushaben, ich denke, weil ich gar nicht gut aussah. Seitdem durfte ich das Gästezimmer auch nicht mehr betreten. Dabei war es meine Mutter, die gar nicht gut aussah und Panik hatte. Ich blickte dann immer durch den Türspalt und schaute Opa an. Er sah sehr schwach aus und hatte auch nicht mehr geredet. Er machte ganz kleine Handbewegungen. Ich glaube, er hatte mich durch den Türspalt entdeckt und wollte mir etwas mitteilen.

Oft hörte ich meine Mutter im Gästezimmer weinen, während ich immer draußen vor der Tür bleiben musste. Alle waren nur noch mit Opa beschäftigt. Für mich blieb da keine Zeit mehr übrig.

Zwei Wochen später sprach meine Mutter plötzlich von einer kritischen Phase, die Opa überstehen müsse. Am nächsten Tag war er Tod. Fragen durfte ich nicht stellen, alle haben geschwiegen. Meine Mutter war nicht mehr ansprechbar.

Die Beerdigung war schrecklich. Da wurde nur geweint. Aber nach Opas Tod haben sich alle wieder um mich gekümmert. Das fand ich klasse. Alle haben gefragt, wie es mir geht und gesagt, ich solle jetzt stark sein.

Plötzlich sagte Ben: »Was ist los? Du hörst mir ja gar nicht zu.«

»Es ist jetzt gleich Bettruhe. Die Zeit ist um«, antwortete ich, stand auf und ging in mein Zimmer.

Unser Alltag im Internat funktionierte weiter wie bisher. Alles war wie immer.

Jedes Mal, wenn ich Ben in seinem Zimmer besuchte, saß er am Schreibtisch und lernte. Oder er stand vor der Wand, schaute auf seine »Happy-Liste« und zählte Kästchen.

»Noch neun Tage. Dann geht es wieder nach Hamburg. Endlich!«, sagte Ben.

Er nahm seinen abgekauten Bleistift in die Hand und malte ein leeres Kästchen aus. Dann begann er, die nicht ausgefüllten Kästchen zu zählen.

»Oh geil, ich habe mich verzählt. Es sind nur noch acht Tage bis Hamburg.«

Jetzt freute sich Ben umso mehr. Seine Vorfreude war ihm ins Gesicht geschrieben.

Das interessierte mich aber nicht.

Ich hatte keine Strichliste. Vorfreude kannte ich nicht. Bis heute kann ich nicht verstehen, wie man sich über etwas im Vorfeld freuen kann. Man weiß ja gar nicht, was einen erwartet und wie die Sache ausgeht. Vielleicht geschieht etwas Böses und man ärgert sich tierisch. Deshalb macht Vorfreude doch keinen Sinn.

In diesem Jahr durfte ich außerhalb der Ferien viermal nach Hause fahren, einmal als meine Mutter Geburtstag hatte, dann zum Geburtstag meines Vaters, das dritte Mal als wir das Wohnzimmer renovierten, und ich die alten Tapeten von der Wand abziehen musste, und das vierte Mal als Ben mich besuchte.

Ach so, an meinem Geburtstag bin ich auch nach Hause gefahren. Aber da musste ich nicht auf den Anruf meiner Eltern warten.

ELF

»Tim, beeil dich. Ich will auch noch duschen. Es wird Zeit!«, rief Ben und klopfte mehrmals gegen die abgeschlossene Badezimmertür.

»Alles gut«, sagte ich.

Es war halb sieben. Ich war gerade dabei, meine Haare zu kämmen. Die Nacht war ziemlich scheiße. Ich schlief ein und irgendwann wachte ich wieder auf. Zwischenzeitlich lief mir der nasse Schweiß von der Stirn. Ich bekam starkes Herzrasen. Es hatte sich angefühlt, als würde mein Herz gleich rausspringen, und mein Leben zu Ende gehen.

Ich hatte irgendetwas geträumt, aber ich bin mir nicht mehr sicher, was es genau war. Als ich die Badezimmertür aufmachte, sagte Ben: »Na endlich!«, drängte mich zur Seite, ging rein und schloss, so wie wir alle, die Tür ab.

Plötzlich hörte ich am Ende des Ganges leise Schreie. Langsam ging ich den Schreien entgegen und stoppte vor Jonas Zimmertür. Die Tür stand offen, aber ich ging nicht hinein. Ich blieb draußen auf dem kalten Flur stehen.

Jonas war nackt und drei Schüler zerrten ihn aufs Bett. Die Zimmerleuchte war noch an, aber dann machte jemand das Licht aus. Ganz dunkel wurde es nicht, ein wenig Morgenlicht drang durch die geschlossenen Jalousien.

Einer der Schüler beleidigte Jonas und sagte, er wäre eine »Schlampe« und hätte es nicht anders verdient. Jonas war völlig neben sich und bemerkte gar nicht, dass die Zimmertür offenstand, und ich ins Zimmer hineinschaute.

Dann legten sie Jonas auf den Bauch, und einer schob ihm seinen Schwanz rein. Der Typ, der das machte, war fett und hässlich.

Er hat »DU GEILE DRECKSAU« zu Jonas gesagt und sah ihm dabei ins Gesicht.

Immer wieder stieß er zu.

Die anderen beiden schauten zu und grinsten. Dann kam der zweite Schüler und machte dasselbe mit Jonas. Er tat es immer wieder. Jonas konnte sich nicht bewegen, lag starr auf der Matratze und weinte.

Geschrien hat er nicht.

Als der Typ seinen Schwanz wieder rauszog, floss Blut unten raus. Alles roch ekelig nach Schweiß, es stank ganz eigenartig. Jonas blutete wie ein Schwein.

Als ich zurück in mein Zimmer ging, hörte ich noch, wie jemand mit lauter Stimme sagte: »Dein Freund hat recht. Du bist gut im Bett.«

Jonas war jetzt offiziell eine Schlampe. In einer reinen Gesellschaft von Gleichgesinnten konnte er so nicht mehr überleben. So ist die Welt nun mal, dachte ich. Und wer sich einmal dazu entschlossen hat, nach oben aufzusteigen, der wird sie auch nicht mehr verändern können.

Exakt um fünf vor sieben klopfte Ben an meine Zimmertür und wir gingen gemeinsam zum Frühstück. Richard saß schon am Tisch, aber Jonas fehlte.

Niemand wunderte sich, dass er noch nicht da war. In letzter Zeit kam es öfter vor, dass er zu spät zum Frühstück erschien. Als Ben Richard fragte, ob er wüsste, was mit Jonas los wäre, sagte er: »Ich habe keine Ahnung.«

Wie wir später erfuhren, hatte sich Jonas einen Tag krankschreiben lassen. Er wollte niemanden von uns sehen.

Die nächsten Tage kam Jonas nur selten zum Frühstück. Als Grund gab er an, dass er morgens keinen Hunger hätte, ansonsten wäre da nix. Auch beim Abendessen hatte er keinen richtigen Appetit mehr, oft ließ er das Essen stehen, ohne zu probieren. Er saß am Tisch, blickte auf seinen vollen Teller und stocherte mit der Gabel im Kartoffelpüree herum, ohne etwas zu essen. Oder, wenn es Nudeln gab, zog er die Nudeln mit der Gabel hoch und ließ sie anschließend wieder auf den Teller gleiten. Lustig sah das nicht mehr aus. Bei Suppen war das auch nicht anders. Er nahm den Löffel, tauchte ihn in die Suppe ein, führte den Löffel zum Mund, ohne zu probieren, und kippte die Suppe wieder in den Teller zurück. Das machte er ein paar Mal hintereinander so.

»Iss doch mal was«, sagte Richard.

»Später«, antwortete Jonas.

»Jonas, was ist denn los mit dir? Ist irgendetwas passiert?«, fragte Richard.

Jonas blickte apathisch auf seinen Teller und sagte: »Nein, nichts.«

»Wirst du wieder gemobbt?«, fragte Ben. »Das ist doch schon einige Wochen her.«

»Nein, nichts«, antwortete Jonas.

Eines Tages kam Richard auf mich zu und zog mich zur Seite. Er hätte Jonas gestern in seinem Zimmer aufgesucht. Zuerst hätten die beiden gemütlich beieinandergesessen, so wie früher, miteinander geredet, als Jonas plötzlich einen Weinkrampf bekam. Er hätte fürchterlich geheult und gesagt, dass er nicht mehr gut schlafen könnte und völlig am Ende sei. Abends sei er zwar müde, aber es würde teilweise bis zu zwei Stunden dauern, bis er einschläft. Zwischendurch wache er immer wieder auf, am Morgen danach sei er total kaputt und ausgelaugt, keine Lust aufzustehen und keinen Bock zu frühstücken.

Aber schließlich hätte Jonas sich innerlich überwunden und ihm doch noch den wahren Grund gestanden. Er würde sich »billig und schäbig« fühlen und könnte niemandem mehr ins Gesicht schauen. Außerdem würden alle davon ausgehen, dass er schwul sei. »Wer glaubt mir denn noch« soll er gesagt haben.

Als ich Ben von dem Gespräch erzählte, zuckte er mit den Schultern. Ihm sei nur aufgefallen, dass Jonas neuerdings sehr lange unter der Dusche stehen würde. Das hätte er früher nicht gemacht.

Wenn Jonas durchs Internat lief, wirkte er seltsam weggetreten und ließ niemanden an sich heran.

Die Zeiten, in denen er krankgeschrieben wurde, häuften sich. Richard erzählte, dass Jonas inzwischen Angst und Panik hätte, in den Unterricht zu gehen. In einem Gespräch unter vier Augen hätte er das zugegeben.

Nach einigen Wochen, als wir alle glaubten, Jonas hätte sich gefangen und er wieder ganz normal am Unterricht teilnahm, passierte das, was niemand von uns je erwartet hätte.

Jonas war verschwunden.

Ein Schüler erzählte, Jonas Zimmer sei total verwüstet vorgefunden worden. Die ganze Bude »kurz und klein geschlagen«.

Jonas Eltern, die gerade auf Auslandsreise waren, wurden kontaktiert, aber auch sie konnten nicht sagen, wo er war.

Am Nachmittag trafen wir uns alle auf dem Besucherparkplatz und suchten die ganze Gegend ab. Einige Schüler suchten innerhalb des Internatsgeländes, die anderen sahen sich im Waldgebiet um.

Ben, Richard und ich gingen zum nahe gelegenen See. Ben hatte die Befürchtung geäußert, dass Jonas sich vielleicht ertränkt haben könnte. Wir gingen einmal um den See herum, aber konnten nichts Auffälliges entdecken.

Einen Tag später kam die Polizei ins Internat. Einige von uns wurden befragt und mussten ihre Aussage zu Protokoll geben, dazu gehörten auch Ben, Richard und ich. Aber das alles hatte nichts gebracht.

Jonas blieb verschwunden.

Am darauffolgenden Tag versuchten wir, in den Alltag zurückzukehren. Das Wetter war schlecht. Der Tag durchweg kalt. Dauerfrost. Der Winter war auch bei uns angekommen, und in den letzten Stunden fiel ab und zu der erste Schnee, der aber nicht liegen blieb.

Ich konzentrierte mich auf den Lernstoff. Drei Klausuren standen an. Nur Ben und Richard konnten mit der Sache nicht abschließen. Sie machten sich ständig Gedanken, was mit Jonas passiert war.

Dann kam der Tag, den niemand von uns je vergessen wird. Es war der vierte Tag von Jonas Verschwinden.

Ben und ich saßen im Klassenzimmer direkt am Fenster. Wir hatten Soziologie. Ein Fach, das ich hasste. Alles zu hinterfragen, war nicht mein Ding. Und eine Meinung zu allem zu haben, dazu hatte ich keinen Bock.

Der eisige Wind zog durchs undichte Fenster. Ganz leicht spürte ich, wie die kalte Luft an mir vorbeizog. Ich zog meine Jacke an, aber so richtig warm wurde mir nicht.

Ich schaute aus dem zweiten Stock runter in den Hof, als plötzlich ein Polizeiwagen auf das Internatsgelände fuhr. Das Blaulicht war ausgeschaltet. Direkt dahinter kamen zwei weitere Autos. Ein schwarzer VW Passat und ein schwarzer Porsche Cayenne.

Ich stieß Ben an und sagte, er solle mal aus dem Fenster schauen, da draußen würde gerade was abgehen. Alle drei Autos hielten direkt vor dem Turm.

»Schau!«, sagte Ben, »das sind doch die Eltern von Jonas?«

»Bist du sicher?«, fragte ich.

»Ja«, sagte Ben, »der Typ mit Brille und Bart, den kenne ich. Ich war doch schon mal bei Jonas zu Hause, als wir seinen Geburtstag feierten.«

Der Lehrer bat um Ruhe.

»Die haben ihre Auslandsreise abgebrochen und sind wieder zurück«, flüsterte ich.

»Scheiße, mit Jonas ist irgendetwas passiert«, flüsterte Ben zurück.

Die aktuelle Situation sprach sich schnell herum. In der Pause gingen wir zu den Autos, die noch immer vor dem Turm standen, und schauten in den Porsche Cayenne hinein.

»Schau mal, da liegt die Jacke von Jonas!«, schrie jemand.

Gegen Mittag fuhren alle Autos wieder weg. Beim Abendessen wurde uns dann gesagt, dass wir alle um halb acht in die Aula kommen sollten. Der Internatsleiter würde dort eine Ansprache halten. Sämtliche Schüler und das Lehrpersonal waren verpflichtet worden, daran teilzunehmen.

»Worum geht es denn?«, fragte ein Schüler.

Der Lehrer meinte nur, das würden wir schon früh genug erfahren. Kurze Zeit später gingen die wildesten Gerüchte rum. Wir wussten alle, was dieser Tag zu bedeuten hatte.

Auf dem Weg zur Aula haben wir gefroren. Der Himmel war bedeckt und die Landschaft nebelig. Einzelne Schneeflocken flogen durch die Luft.

Ben, Richard und ich haben uns in der Aula ganz nach hinten gestellt, um den größtmöglichen Überblick zu bekommen.

Ein Lehrer kam ans Rednerpult, tippte mit seinem Zeigefinger gegen das Mikrofon und überprüfte, ob es funktionierte. Dann verließ er wieder das Rednerpult, ohne einen Ton zu sagen.

Im Saal herrschte totale Stille. Nicht mal ein Husten oder ein Räuspern war zu hören.

Dann ging Dr. Budnatz ans Rednerpult. Er kam auch direkt zur Sache und verkündete, was wir schon alle vermutet hatten.

»Jonas ist tot«, sagte er mit leiser Stimme. »Wir sind zutiefst bestürzt. Er war doch so ein netter junger Herr.«

Dr. Budnatz zog ein kariertes Stofftaschentuch aus seiner Hosentasche und tupfte sich die Augen ab. Ben stupste mich an und schüttelte den Kopf. Er wollte sagen, dass er nicht glaubte, dass Dr. Budnatz wirklich am Weinen war. Er bezweifelte, dass sich auch nur eine einzige Träne gebildet hatte, die man hätte abtupfen müssen.

Ich sagte zu Ben, er möge ein Auge auf Richard werfen, der kreidebleich geworden war.

»Nicht, dass der uns umfällt«, flüsterte ich.

Dr. Budnatz sagte, Jonas wäre ein witziger, freundlicher Schüler gewesen, den alle geliebt hätten. Darüber hinaus ein sehr vorbildlicher Mensch, der nur einmal im Internat negativ aufgefallen sei, als er mit vierzehn Jahren außerhalb des Schulgeländes seine erste Zigarette geraucht hätte und dabei erwischt wurde.

Leises Schmunzeln im Saal.

»Jonas ist auf eine ganz schlimme Art und Weise tödlich verunglückt«, sagte Dr. Budnatz. Man hätte ihn gestern zu Hause im hauseigenen Swimmingpool tot aufgefunden. Leider hätte Jonas zu viel Alkohol konsumiert. Neben dem Swimmingpool hätte man leer getrunkene Bierflaschen gefunden. Auch zwei Flaschen Wodka seien darunter gewesen.

Richard und Ben schauten sich an und schüttelten den Kopf. Beide wussten, dass Jonas nicht der Typ war, der viel Alkohol trank.

Seine Eltern wären zum Todeszeitpunkt nicht zu Hause gewesen, sagte Dr. Budnatz, und deshalb träfe sie am Unglück auch keine Schuld.

Über weitere Einzelheiten wollte oder konnte Dr. Budnatz keine Auskunft geben.

Leichtes Gemurmel machte sich breit. Schnell tauschten wir uns untereinander aus. Mit allem hatten wir gerechnet, aber nicht, dass Jonas auf diese Art und Weise sterben würde. Diese Tatsache existierte nicht in unseren Vorstellungen.

Jonas war ein sehr guter Schwimmer gewesen und hatte viele Auszeichnungen gewonnen. Mit Wodka hatte ihn noch keiner gesehen.

Dr. Budnatz klopfte gegen das Mikrofon und bat um Ruhe. Er sei mit seiner Erklärung noch nicht fertig gewesen. Er nahm ein Blatt Papier in die Hand und verlas eine Bitte, die Jonas Eltern formuliert hatten.

»Wir möchten mit unserer großen Trauer und dem tiefen Schmerz um unseren geliebten Sohn weiterhin alleine bleiben.«

Alle im Saal schwiegen.

»Ihr wisst, was das bedeutet?«, fragte Dr. Budnatz. Er schaute uns alle an und ließ einige Sekunden verstreichen.

»Kein Kontakt zu den Eltern, keine Briefe, keine Anrufe. Kein Gerede oder Spekulationen mehr über Jonas Tod.«

Zum Schluss hatte er noch darauf hingewiesen, dass ab morgen in der Aula ein Kondolenzbuch ausliegen würde. Vier Tage hätten wir Zeit, um uns dort einzutragen. Jeder, der wollte, könnte ein paar Zeilen reinschreiben, sofern wir es für angebracht hielten. Wenn wir nichts reinschreiben würden, wäre das unsere ganz persönliche Entscheidung.

Damit war die Veranstaltung beendet.

Auf dem Rückweg zur Schlafunterkunft, es hatte stark angefangen zu schneien, stoppten Richard, Ben und ich vor der Parkbank.

Alles um uns herum war mittlerweile mit einer dünnen Schneeschicht bedeckt. Wir zitterten. Ben wischte den weichen Pulverschnee von der Parkbank runter.

»Erinnerst du dich noch, wie wir hier zusammensaßen und gelacht haben?«, fragte Ben.

»Ja«, antwortete Richard. »Ein Leben ohne einen Faxenmacher ist sinnlos. Nun haben wir keinen mehr.«

Dr. Budnatz und ein Elternvertreter gingen an uns vorbei. Sie tuschelten. Wir hörten, wie der Internatsleiter flüsterte: »… der passte irgendwie nicht ins Schema.« Dann drehte er sich um, schaute uns an und mit einer ganz freundlichen Stimme sagte er: »Es ist schon spät. Kommt ihr jetzt bitte auch?«

Am nächsten Tag kamen nicht viele Schüler in die Aula, um sich ins Kondolenzbuch einzutragen.

Jemand schrieb: »Jonas war ein wirklich netter Junge. Ich finde es sehr schade, dass er so früh von uns gehen musste. Ich wünsche der Familie viel Kraft, um das durchzustehen.«

Ein anderer Schüler schrieb: »Man kann wohl kaum die treffenden Worte finden, um diesen Schmerz in irgendeiner Weise zu lindern. Wir fühlen tiefe Trauer und Mitgefühl.«

Am selben Abend hatte ein Schüler einen Zeitungsartikel in die WhatsApp-Gruppe gepostet. Schnell waren alle informiert. In dem Artikel wurde über einen Selbstmord eines Internatsschülers, Jonas P., berichtet. Der Schüler im Zeitungsartikel wohnte im selben Ort, in dem auch Jonas wohnte.

»Das kann doch nur…«, stammelte Ben, »die meinen unseren Jonas. Daran gibt es keinen Zweifel.«

Neugierig lasen wir den Zeitungsartikel.

Die Lokalzeitung schrieb, dass am Wochenende ein Internatsschüler tot auf dem Dachboden seines Elternhauses aufgefunden wurde. Der Sohn hätte Selbstmord begangen. Der 17-Jährige hätte sich »bewusst und gewollt stranguliert«, teilte die Staatsanwaltschaft mit. Dies hätte die Obduktion der Leiche eindeutig ergeben. Ein Unfalltod käme nicht infrage. Auch

Fremdverschulden scheide aus. Allerdings lägen Hinweise darauf vor, dass Jonas P. zum Zeitpunkt seines Todes alkoholisiert war, schrieb die Staatsanwaltschaft. Ein Gutachten zur Bestimmung des Blutalkoholwertes sei in Auftrag gegeben worden.

»Der Hammer, oder?«

»Heftig!«

An diesem Abend ging niemand früh schlafen. Bettruhe gab es nicht. Wir standen auf dem Flur oder gingen von Zimmer zu Zimmer und diskutierten.

Es hieß, Jonas hätte sich ein Seil aus der Garage geholt und dann auf dem Dachboden an einem Holzbalken erhängt.

»In der Regel stirbt man an Genickbruch.«

»Meistens klappt es aber nicht und man erstickt qualvoll.«

»Oder man hat im Falle einer Rettung mit einer lebenslangen Behinderung zu kämpfen.«

»Stellt euch das mal vor, wenn Jonas überlebt hätte. Dann hätten wir jetzt einen Spasti im Internat pflegen müssen.«

»Eine Schwuchtel im Rollstuhl.«

»Wenn Jonas sich wirklich erhängt hat, dann hat er nach zehn Sekunden das Bewusstsein verloren.«

»Aber nur, wenn der Strick richtig sitzt.«

»Der ist bestimmt durch ein Wirbelsäulentrauma gestorben.«

»Ich sag euch, der Tod kam durch Genickbruch.«

»Quatsch, so schnell geht das nicht. Die meisten ersticken minutenlang.«

Richard und Ben konnten das Gerede und die Spekulationen um Jonas Tod nicht länger ertragen. Sie gingen auf ihr Zimmer und versuchten zu schlafen, während ich weiter zuhörte.

Am nächsten Morgen schickte die Internatsleitung an alle Schüler eine persönliche E-Mail: »Wir bestätigen die Vorkommnisse, so wie sie in der Zeitung und von der Staatsanwaltschaft beschrieben worden sind, und zeigen uns von den neuen Erkenntnissen, die zu Jonas Tod geführt haben, selbst überrascht.«

Noch am selben Tag ging ich in die Aula, um auch etwas ins Kondolenzbuch reinzuschreiben.

Am Abend kamen Ben und Richard auf mich zu und fragten mich, ob ich schon gelesen hätte, was ins Kondolenzbuch neu reingeschrieben wurde. Da habe ich »nein« gesagt.

Ben schüttelte den Kopf.

»Was denn?«, fragte ich.

Ben war total außer sich und sauer, weil jemand reingeschrieben hatte: »An alle: Ich muss nicht sagen, dass jetzt absolute Diskretion geboten ist.«

»Weißt du, was das heißt?«, fragte Richard.

Ich schüttelte den Kopf.

»Keiner von uns soll mit der Presse reden«, meinte Richard. »Die wollen die wahren Todesumstände vertuschen.«

»Da will uns jemand zum gegenseitigen Schweigen bringen«, sagte Ben.

»Und was meinst du dazu, Tim?«, fragte Richard.

Ich habe nicht geantwortet und bin auf mein Zimmer gegangen.

Das war vielleicht besser so, habe ich gedacht.

Ich brauche mich ja nicht zu rechtfertigen.

ZWÖLF

Ich hatte einen unruhigen Schlaf. Irgendwann, mitten in der Nacht, wachte ich auf und suchte meine Armbanduhr, weil ich wissen wollte, wie spät es war. Als ich die Uhr greifen wollte, fiel sie vom Nachttisch herunter und landete auf dem Parkettboden.

Im Halbschlaf wechselte ich meine Schlafposition und drehte mich auf den Bauch. Mit der rechten Hand tastete ich den Boden ab. Es dauerte dreißig Sekunden oder drei bis vier Versuche, bis es mir gelang, die Uhr zu greifen, festzuhalten und nach oben zu ziehen.

Mit einem ungläubigen Blick schaute ich auf das Zifferblatt. Es war erst drei Uhr in der Nacht. Wie konnte ich nur so früh aufwachen? Keine zwei Stunden zuvor war ich eingeschlafen.

Ich legte die Armbanduhr auf den Nachttisch und versuchte, meine Gedanken freizubekommen, drehte mich von einer Seite auf die andere.

Nach kurzer Zeit schlief ich wieder ein.

Irgendwann schossen Bilder durch meinen Kopf, die ich nicht mehr rausbekam.

Ich stand alleine im Wald und hatte mich verlaufen.

Aber es war nicht meine Schuld.

Ich war mir sicher, dass jemand mir diesen Waldweg gezeigt hatte, mich angestachelt hatte, den Weg zu gehen. Der unbekannte Mann schubste mich so lange, bis ich endlich losging.

Ich bin diesen Weg dann auch gegangen. Dichtes Gebüsch, hohes Gras und Bäume um mich herum. Ich habe gedacht, ich wäre alleine unterwegs, aber schnell merkte ich, dass das nicht stimmte. Jemand verfolgte mich und trieb mich innerlich voran. Er beobachtete mich. Ich fühlte mich umso mehr verpflichtet, den Weg gehen zu müssen.

Es war wirklich nicht meine Schuld.

Der Weg nahm kein Ende.

Plötzlich stand ich vor einem tiefen Abgrund. Ich blickte hinunter. Eine steile Felswand. Ich bekam weiche Knie und begann zu zittern. Ein Schritt weiter, und ich wäre tot gewesen.

Ich hörte Stimmen im Hintergrund.

In Todesangst drehte ich mich um, sah in der Ferne meine Mitschüler und winkte so stark ich konnte. »Kommt zu mir herüber und holt mich hier weg!«, schrie ich.

Niemand reagierte. Niemand wollte mir helfen.

Ich hörte sie nur lachen. Sie lachten über mich, da war ich mir sicher, und gingen einfach weiter und ließen mich alleine zurück. Sie mussten mich gehört und gesehen haben. Es konnte nicht anders gewesen sein.

Ich fiel runter.

Der Absturz in die Tiefe war unendlich lang. Aber das Gefühl gefiel mir. Der tiefe Fall erlöste mich, es fühlte sich nach Freiheit und Frieden an.

Kurz vor dem Aufschlag zuckte ich im Bett zusammen, so, als hätte mir jemand einen Stromschlag verpasst. Ich dachte, ich wäre hellwach, aber ich war mir nicht ganz sicher.

Ich nahm das Handtuch vom Boden und wischte mir den Schweiß aus dem Gesicht. Meine Herzschlagfrequenz sank und ganz langsam beruhigte ich mich wieder.

Dann versuchte ich einzuschlafen, zog mir die Bettdecke über den Kopf und schloss meine Augen. Nur mit viel Mühe und Anstrengung gelang es mir, sie geschlossen zu halten. Beide Augen begannen zu zucken, vibrierten und flatterten. Ich drehte mich auf den Bauch und drückte meinen Kopf tief in das Kopfkissen hinein.

In schneller Reihenfolge schossen mir erneut Bilder durch den Kopf, die ich nicht unter Kontrolle hatte.

Ich zog die Armbanduhr vom Nachttisch runter, ohne dass sie zu Boden fiel. Mittlerweile war es fünf Uhr, Januar, draußen war es stockdunkel. Es war Zeit aufzustehen.

Heute kamen wichtige Geschäftsleute in die Firma. Vor zwei Wochen hatte ich zwei neue Unternehmen dazugekauft, nur die Unterschriften fehlten noch.

Ich war sehr reich geworden, gehörte zur Elite und hatte es geschafft im Leben. Ich pflegte beste Beziehungen zur Politik und Showbusiness. Ich war ein gern gesehener Spender und tat viel Gutes für andere Menschen.

Vor zwei Jahren, nachdem meine Eltern bei einem Autounfall tödlich verunglückt waren, zog ich zurück ins Elternhaus und ließ die Villa nach meinen persönlichen Vorstellungen komplett umbauen.

Irgendwann musste ich dann wieder eingeschlafen sein. Aber auch diese Schlafphase war nicht von langer Dauer.

Es klingelte, drei- oder viermal. Jemand musste draußen vor dem Einfahrtstor stehen. Ich versuchte, das zu ignorieren. Aber es hörte nicht auf zu klingeln.

Ich stieg aus meinem Bett, ging die Treppe ins Erdgeschoss hinunter und schaltete die Videoüberwachung ein, um zu sehen, welcher Idiot es um sechs Uhr morgens wagte, mich aus dem Bett zu klingeln.

Plötzlich krachte es, ein fester, lauter Knall, dann noch einer, eine Art Explosion erschütterte meine Villa. Ich erschrak und sah zur Eingangstür. Ein Rammbock durchschlug das Türschloss. Die Tür knallte nach innen auf.

Ich hörte Schreie: »Polizei! Hinlegen! Polizei! Hinlegen! Leg dich auf den Boden!«

Mein ganzer Körper zitterte vor Angst. Meine Beine wurden schwer, mein Herzschlag war so hoch, dass ich kaum noch Luft bekam.

Schwarz gekleidete Personen mit Helm und Gesichtsmasken stürmten auf mich zu, sie sahen aus wie Soldaten, richteten Pistolen auf mich, packten mich und rissen mich zu Boden. Als ich auf dem Bauch lag, drückte mir jemand sein Knie in den Rücken. Mit ausgespreizten Armen und Beinen lag ich auf dem Fußboden. Ich hatte Schmerzen.

Ich hob meinen Kopf an und versuchte mich umzuschauen, als ich plötzlich eine Hand spürte, die meinen Kopf wieder auf den Boden drückte.

»Haus absichern!«, schrie jemand.

Nach fünf Minuten zogen mich zwei Männer an meinen Armen hoch. Sie drückten mich mit dem Bauch gegen die Wand, legten mir die Hände auf den Rücken und zogen mir Handschellen an. Sie zerquetschten mir die Arme.

Ich fing an zu schreien.

»Halts Maul!«, brüllte jemand aus dem Hintergrund.

»Bleiben Sie ruhig und halten Sie still, dann haben Sie auch keine Schmerzen«, sagte ein anderer Polizist.

Ich war wehrlos und konnte mich nicht verteidigen. Meine Beine waren schwach. Ich drückte mein ganzes Körpergewicht gegen die Wand, um nicht umzufallen.

Es kamen weitere, zahlreiche Personen in meine Villa hineingestürmt.

Alles, was ich mir in den letzten Jahren aufgebaut hatte, schien in Gefahr zu sein. Die Unabhängigkeit, die Sicherheit. Nun wollten sie mir alles wegnehmen.

»Sie sind verhaftet«, hat jemand gesagt. »Alles, was Sie sagen, kann und wird vor Gericht gegen Sie verwendet werden, kurz und knapp, sie haben das Recht, die Klappe zu halten. Wollen Sie einen Anwalt?«

Ich schwieg.

»Haben Sie verstanden?!«, schrie jemand.

Ich antwortete nicht und blieb stumm.

Ein anderer Polizist kam hinzu, packte mich am Arm und drehte mich von der Wand weg. Als ich mit dem Rücken zur Wand stand, hob ich meinen Kopf an. Vor mir stand eine Person mit einem schwarzen Schutzhelm und Gesichtsmaske.

»Tim, hast du verstanden, was man dir gesagt hat?«

Ich wusste nicht, ob die Stimme, die ich hörte, real oder eine Halluzination war. Ist das die Stimme von Richard? Oder lag ich noch im Bett und war weiterhin in meinen komischen Träumen gefangen?

»Tim, hast du verstanden?«

Die Stimme war Realität.

»Richard?«, fragte ich und schaute in sein Gesicht, das fast vollständig durch die schwarze Gesichtsmaske verdeckt war.

Richard klappte das Helmvisier nach oben. Nun konnte ich seine Augen besser sehen.

»Ja«, antwortete er.

Richard stand mir gegenüber, schwerbewaffnet und machtvoll, eine Option, die in meinen Gedanken nie existiert hatte. Er kam damals mit dem Tod von Jonas nicht klar und hatte das Internat vor dem Abi verlassen. Danach brach der Kontakt ab.

»Was ist los, Richard?«, fragte ich mit leiser, zittriger Stimme.

»Tim, man wirft dir vor, du hättest einen Menschen umgebracht. Verstehst du, Tim, du sollst einen Menschen getötet haben. Mord, Tim, das ist es, was sie dir vorwerfen. Verstehst du mich?«

Seine Stimme klang nicht vorwurfsvoll, aber sie war auch nicht von Mitleid geprägt.

»Ben ist auch hier«, sagte Richard. »Er ist Anwalt und kann dir helfen. Ich habe ihm Bescheid gesagt.«

Dann sah ich, wie Ben zur Tür hereinkam.

In meinen Erinnerungen sah ich ihn so jung wie damals. Plötzlich spürte ich alte Leidenschaft in mir und hatte Lust, spontan auf Ben zuzugehen und ihn zu fragen, ob er morgen Zeit hätte, mit mir gemeinsam die Reeperbahn zu besuchen. Schließlich hatten wir uns das versprochen. Und Versprechen muss man irgendwann einlösen, dachte ich.

Ich versuchte meine Hände ihm entgegenzustrecken, aber schnell spürte ich den Schmerz der Handschellen.

Ben kam mir ganz nahe. Wir schauten uns direkt in die Augen. Keiner wusste, was der andere gerade dachte. Mit beiden Händen umklammerte er mein Gesicht und berührte meine Wangen. Ben hatte zärtliche Hände, das wusste ich. Als wir auf Klassenfahrt auf Norderney waren, rieb er mir einmal mit seinen Händen den nassen Meeressand aus dem Gesicht und durchwühlte meine Haare. Es waren wieder diese zwanzig Zentimeter, die unsere Gesichter trennten. Ich bereute meine Leichtsinnigkeit, Ben nach der Internatszeit gehen zu lassen.

Dann sagte Ben mit leiser Stimme: »Hallo Tim, es ist schön dich wiederzusehen ...«

Seine Stimme klang wie immer fürsorglich, da war jemand, der hat sich für das interessiert, was ich tat. Der wissen wollte, wer ich bin, warum ich bin und was mit mir geschieht. Aber wie damals konnte ich nicht darüber reden.

»Du musst nur diese anwaltliche Vollmacht unterschreiben, dann kann ich dir helfen.«

Ich starrte Ben an, wie lange, daran kann ich mich nicht mehr erinnern.

»Du musst nur unterschreiben, Tim ...«

Seine Stimme wurde mir plötzlich fremd.

»Unterschreiben – Tim ...«

»Unterschreiben Sie doch endlich ...«.

»Ja, sorgfältig durchlesen und unterschreiben«, dachte ich.

Jetzt erkannte ich Bens wahre Identität. Sein Gesicht war eine Täuschung. Er trug eine Maske.

Ihr könnt mich nicht verarschen, dachte ich, niemand auf dieser Welt kann das. Ich kenne die Wahrheit. Schnell wurde mir klar, dass zwischen Ben und mir keine Freundschaft geblieben war.

Zwei Polizisten packten mich am Arm und führten mich ab. Zu dritt verließen wir die Villa.

Als ich mich noch mal nach Ben umdrehen wollte, packte einer der beiden Polizisten meinen Hinterkopf, fixierte ihn mit seiner rechten Hand und drückte mein Gesicht nach unten, sodass ich nur noch den Boden sah.

Seitdem habe ich geschwiegen.

Ich hatte keine Lust mehr zu reden.

DREIZEHN

Wir alle waren aufgeregt. Viele von uns waren noch nie ohne Eltern in Urlaub gefahren oder auf Klassenfahrt gewesen. Dieses Jahr wurde das zweiwöchige Ferienlager von einem großen Energiekonzern gesponsert. Es ging an die Nordsee. Norderney. Nur Schüler mit besonderen Leistungen und vorzüglichem Verhalten durften daran teilnehmen. Es war ein Privileg, das nicht jedem Schüler zustand.

Die Anspannung bei allen Schülern bis zur Verkündung, wer mitfahren durfte und wer nicht, war immer gigantisch. Vier Monate vor Ferienbeginn ging das große Zittern rum. Alle fragten sich: War ich es wert, hatte ich es verdient, mitzufahren?

Jeden Tag nach Unterrichtsende konnte ein Brief auf unserem Schreibtisch liegen. Ein schlichter weißer Briefumschlag musste es sein, das wussten wir aus den Erzählungen von Schülern, die schon mitgefahren waren. In diesem Umschlag befand sich die »Einladungskarte zum Glück«, wie wir das nannten.

Acht Wochen vor Ferienbeginn lag der weiße Briefumschlag auf meinem Schreibtisch. Ich nahm den Umschlag, ohne ihn zu öffnen, und rannte zu Ben rüber. Auf dem Flur trafen wir uns. Er hatte denselben Gedanken wie ich und hielt ebenfalls einen weißen ungeöffneten Briefumschlag in seiner Hand. Gleichzeitig öffneten wir die Umschläge, zogen die Einladungskarten heraus und sicherheitshalber kontrollierten wir unsere Namen. Dann umarmten wir uns.

Ben und ich gehörten zum ersten Mal dazu.

Es war die erste spontane Umarmung in meinem Leben, die einfach so passierte, ohne nachzudenken, glaube ich.

Dann war es endlich so weit.

Mit einem Bus wurden wir zum Bahnhof gebracht und warteten auf den Intercity-Zug. Insgesamt waren wir vierzig Schüler, die mitfahren durften. Während der Zugfahrt rannten wir von Abteil zu Abteil und quatschten mit den anderen Schülern. Die wildesten Pläne wurden geschmiedet. Keiner von uns konnte auf seinem Sitzplatz ruhig sitzen bleiben.

Unsere Vorfreude war riesig. Ja, jetzt wusste ich, was Vorfreude war.

An jedem Bahnhof stiegen einige von uns aus und beobachteten den Ein- und Ausstieg der Fahrgäste. Der Schaffner war schon total genervt von unserem Verhalten. Erst als er zu pfeifen begann, drängelten wir uns wieder rein. Es wurde so lange geschoben und geschubst, bis alle drin waren.

Nach einigen Stunden Fahrt hatten wir Norddeich Mole erreicht. Der Zug hielt direkt an der Fährstation.

Ich zog meinen schweren Rucksack über die Schulter und machte die Schnallen an Brustkorb und Bauch zu. Wir folgten unseren Lehrern und warteten vor dem Ticket-Büro.

Uns blieben noch dreißig Minuten bis zur Abfahrt der Fähre.

»Komm mal mit«, sagte Ben.

Wir gingen um das Gebäude herum bis an die Hafenkante und stiegen auf eine kleine Mauer. Direkt neben uns stand ein kleiner Turm, der den aktuellen Wasserstand angab. »3,80m↑« stand auf der Anzeige. Ben meinte, die Flut hätte eingesetzt, deswegen würde der Pfeil in der Anzeige jetzt nach oben zeigen.

Wir stellten uns mittig zur Hafenrinne und schauten raus aufs Meer.

»Siehst du dahinten am Horizont die Häuser?«, fragte Ben.

»Ja.«

»Das ist Norderney!«, sagte Ben und machte das Shaka-Zeichen.

Ich musste grinsen und gleichzeitig war ich beeindruckt. Ben machte das Shaka-Zeichen mit einer Leichtigkeit, einer Coolness, die ich nie hatte.

Leichter Wind kam auf und ich spürte einen leichten, salzigen Duft in meiner Nase. Ich zog die Meeresluft ganz schnell hintereinander in meine Nase hinein und schnüffelte wie ein neugieriger Welpe.

»Was machst du da?«, fragte Ben.

»Ich atme das Meer«, sagte ich.

»Dann warte erst mal ab, bis wir draußen auf dem offenen Meer sind. Komm, lass uns zurück zur Gruppe gehen.«

Unsere Lehrer waren gerade dabei, die Fährtickets zu verteilen. Jeder einzelne Schüler bekam das Ticket persönlich übergeben und wurde ermahnt: »Mach bloß keine Dummheiten an Bord!«

Über die Passagierbrücke gingen wir an Bord, aber niemand wollte mein Ticket sehen.

»Kontrolliert hier keiner die Tickets?«, fragte ich.

»Doch«, sagte Ben, »aber erst beim Ausstieg. Also nicht wegschmeißen.«

Als wir unser Gepäck in den Regalen im Unterdeck verstaut hatten, gingen wir hoch aufs Aussichtsdeck. Ich war total gespannt, was nun kommen würde. Ich war noch nie auf einem Schiff gewesen und konnte es kaum abwarten, bis es losging.

Lange blieben wir nicht auf dem Aussichtsdeck.

»Nur Touristen«, meinte Ben. »Komm, wir gehen runter aufs Autodeck und beobachten das Ablegemanöver.«

Es war Punkt zwölf Uhr. Einundzwanzig Grad. Sonnenschein. Blauer Himmel.

Ein Fährmitarbeiter winkte den letzten Lastwagen aufs Autodeck, dann gingen die Schranken runter. Er nahm einen elektronischen Schalter in die Hand und drückte einen Knopf. Zwei Sekunden später wurde die Autoauffahrtsrampe hochgezogen. Dann nahm er ein

Seil in die Hand, zog dran und die Befestigungsscharniere lösten sich von der Landungsbrücke. Nach einem kurzen Funkspruch, den der Fährmitarbeiter getätigt hatte, drehten plötzlich die Schiffsschrauben auf, Wasser schoss empor. Die Fähre nahm Fahrt auf.

»Komm, lass uns zum Bug gehen«, sagte Ben.

»Wo willst du hin?«, fragte ich.

»Komm einfach mit!«

Wir gingen ganz nach vorne und stellten uns auf die rechte Seite. Ben meinte, wir würden jetzt Steuerbord stehen. Ich schaute ihn an und zuckte mit den Schultern.

Langsam fuhr die Fähre durch die Hafenrinne. Hinter der Hafenmole lag das Wattenmeer. Einzelne Personen und kleine Menschengruppen wanderten durch den tiefen Schlamm hindurch und ihre Hosen waren kniehoch hochgekrempelt. Teilweise steckten sie im Schlamm fest und zogen sich gegenseitig wieder raus. Aber es schien, als hätten sie Spaß. Ben korrigierte mich und sagte, im Wattenmeer gäbe es keinen Schlamm, sondern nur Schlick. Ich zuckte die Achseln.

Wir überholten ein Segelboot, das in der Hafenrinne noch unter Motor lief. Es war ein altes Holzsegelboot, das nicht sehr teuer aussah, aber seinen Charme hatte. Drei junge Typen fuhren zum Segeln raus. Einer von ihnen hielt eine Bierdose in der Hand und schaute zu mir rüber. Als er mich sah, hob er seine linke Hand zum Gruß. Ich machte das Shaka-Zeichen. Beide mussten wir lachen.

Als wir die Hafeneinfahrt von Norddeich verlassen hatten und auf dem offenen Meer waren, nahm der Wind ruckartig zu. Die Nordseeluft wurde salziger und rauer.

»Pass auf, ich atme jetzt mal das Meer«, sagte Ben.

Ben atmete dreimal tief ein und wieder aus. Ich tat dasselbe. Ich spürte, wie die salzige Luft in meinen Körper drang. Beim vierten Mal sogen wir den frischen Meereswind ganz tief in den Brustkorb hinein und hielten den Atem an. Unsere Brustkörbe blähten sich auf, schienen zu platzen. Ich schaute Ben an und er schaute mich an. Auf einmal mussten wir laut loslachen. Danach ging es uns richtig gut.

Ganz entspannt schauten wir in die Ferne. Ben erklärte mir die Inseln, die vor uns lagen.

»Juist Backbord und Norderney Steuerbord.«

Zwischen den Inseln sah man die weißen Schaumkronen der Brecher, eine lang gezogene Linie am Horizont, die beide Inseln zu verbinden schien.

Ben wurde ernst.

»Irgendwie geil, oder?«

»Ja, Ben!«

Kurze Stille.

»Norderney, I´am coming home!«, schrie Ben plötzlich, und beide machten wir das Shaka-Zeichen. »Pass mal auf, was hier gleich abgeht. Wir haben Nordwind und die Flut kommt. Das gibt gleich `ne tierische Schaukelei.«

»Bist du sicher?«, fragte ich.

»Ja.«

Es dauerte nicht lange und der Kapitän machte eine Durchsage an die Passagiere, mit dem Hinweis, man solle sich gut festhalten, es wäre stürmisch geworden, Nordwind, das Schiff würde jetzt in Richtung Norderney abdrehen und könnte zu schaukeln beginnen. Wir hätten auflaufendes Wasser.

Zwei Minuten später begann die Fähre nach links zu kippen, dann wieder nach rechts. Alles an Bord schaukelte in einem gleichmäßigen Rhythmus. Wir standen ganz links vorne und blickten runter aufs Meer, sahen, wie das Schiff einen Keil durchs Wasser trieb. Das Meerwasser spritzte meterhoch zur Seite weg.

Plötzlich wurde die Fähre von einer riesigen Welle erfasst, wir stiegen mit der Backbordseite hoch auf und fielen abrupt wieder runter. Ein dumpfer Aufschlag war zu hören, Wasser schoss empor, und bevor wir reagieren konnten, bekamen wir eine Ladung Meerwasser in die Fresse.

Wir schüttelten uns wie zwei nasse Hunde.

Ich sah zurück, was der Typ auf dem Segelboot machte. Er hatte ein Seil in der Hand und zog das Großsegel hoch. Jeder einzelne an Bord schien im Einklang mit sich selbst und den anderen zu sein. Sie sahen glücklich aus.

Eine unausgesprochene Sehnsucht kam in mir hoch, es irgendwann genauso zu machen. Mit Ben und Richard ein Segelboot kaufen und dann raus aufs Meer fahren. Was gibt es geileres im Leben?

Und kein Schwein kann dir was.

Niemand wird dich verfolgen.

Alles kannst du hinter dir lassen.

Du musst niemandem Rechenschaft ablegen.

»Da drüben, Tim, das ist der Leuchtturm von Norderney.«

Ben zeigte mit dem rechten Zeigefinger Richtung Sonne, die genau über dem Leuchtturm stand. Dann legte er seinen rechten Arm um meine Schulter. Als er das tat, und wir gemeinsam die Sonne und den Leuchtturm aus der Ferne betrachteten, fühlte ich etwas Feuchtes auf der Wange – mir waren kleine Tränen gekommen. Irgendwie war ich erleichtert, zu wissen, dass ich aus Freude weinen konnte. Zum Glück hatte Ben die Tränen nicht bemerkt.

»Nachts kommt der Leuchtturm richtig geil«, sagte Ben, »wenn das Leuchtfeuer angeht, und ein heller weißer Lichtstrahl die Insel umkreist.«

Zum ersten Mal hatte ich das Gefühl, dass neben mir ein Freund stand, der es ehrlich mit mir meint.

»Ben, ich bin glücklich, hier zu sein.«

Mehr konnte ich in diesem Moment nicht sagen. Ja, in diesem kurzen Moment meines Lebens war ich glücklich.

Ben hat gesagt, Jonas hätte mal gesagt, dass Glück ein innerlicher Zustand ist, der nicht messbar sei. Irgendwann wäre man glücklich, wenn du es nicht erwartest. Aber es gibt keinen bestimmten Grund dafür. Du kannst auch nicht daraufhin arbeiten. Das Gefühl, glücklich zu sein, überkommt dich irgendwann, und du kannst nicht vorhersagen, wie lange es bleiben wird.

Dann hat Ben noch gesagt, dass er in diesem Moment auch sehr glücklich ist.

Im Hier und Jetzt konnten wir den Blick aufs Meer selbst bestimmen. Egal aus welcher Perspektive, ob Steuerbord oder Backbord, wir mussten nicht befürchten, bestraft zu werden.

Oft wurde ich gefragt, welche Lebensträume ich hätte. Aber ich kannte keine realen Träume. Ich hatte die Aufgabe, Pflichten zu erfüllen. Die Pflicht zu überleben. Plötzlich fiel mir doch noch ein Lebenstraum ein – ein Leben lang auf Klassenfahrt sein. Aber schnell musste ich feststellen, dass dieser Traum nicht zu realisieren war.

»Dahinten, siehst du? Das ist der Sandstrand von Juist. Ansonsten ist Juist viel kleiner als Norderney«, sagte Ben.

Die Fähre umfuhr eine Untiefe, die mit einer großen gelben Tonne markiert war. Wir kamen Norderney immer näher. Eine kleine Stadt mit bunten, alten Stilhäusern mitten auf eine Insel gebaut, eingekreist von weißen Sandstränden. Menschen gingen zum Schwimmen ins Meer oder wanderten am Strand entlang oder lagen einfach nur faul in der Sonne.

»Tim! Ben!«, schrie plötzlich Richard von der anderen Schiffseite zu uns herüber, »schaut mal die Möwe neben mir!«

Eine riesengroße weiße Möwe, in einem Abstand von einem Meter, schwebte parallel zu Richard über dem Meer. Die Flügel waren weit ausgebreitet und lagen ruhig im Wind. Sie schwebte völlig relaxt und schaute Richard dabei in die Augen. Das ging eine ganze Weile so. Warum die Möwe das gemacht hat, das weiß ich nicht.

Nach ungefähr fünfzig Minuten erreichten wir den Hafen von Norderney. Mit Kleinbussen wurden wir zur Unterkunft gebracht.

Wir wohnten in einem Jugend- und Gästehaus, direkt am Meer hinter den Dünen. Unter der Woche wurden hier fast ausschließlich Schulklassen untergebracht. Die Touristen kamen erst am Freitagnachmittag. Zum Haus gehörte auch ein großer Kunstrasen-Fußballplatz.

Wir warteten im Vorhof des Jugendhauses auf unsere Lehrer, die gerade dabei waren, uns im Büro anzumelden. Nach dreißig Minuten kamen sie wieder raus.

Bevor uns die Zimmerschlüssel übergeben wurden, hielt Herr Becker noch eine Predigt. Er erklärte uns, was im Haus erlaubt war und was nicht, und betonte, wir hätten alle das große Los gezogen und sollten unseren Eltern und dem Internatsleiter dafür sehr dankbar sein.

Ben, Richard und ich gingen los und suchten unser Zimmer mit der Nummer 32.

Die Zimmerausstattung war einfach und zweckmäßig. Zwei Kleiderschränke, ein kleiner Tisch mit Stuhl und ein Waschbecken. Auf dem Tisch stand eine Vase mit künstlichen Blumen. Die Blätter waren verstaubt. Auf dem Flur befand sich das Gemeinschaftsbad, das von allen, die auf der Etage schliefen, genutzt wurde.

Als wir die Betten mit frischer Bettwäsche bezogen hatten, blickte Richard auf das obere leere Etagenbett.

»Normalerweise würde da jetzt Jonas schlafen«, sagte er.

An Jonas hatte ich nicht mehr gedacht. Das war für mich Vergangenheit.

Den nächsten Tag hatten wir zur freien Verfügung. Wir wollten unbedingt im Meer schwimmen gehen. Der Strand ist nicht weit vom Jugendhaus entfernt, vielleicht zweihundert Meter. Wir mussten einen schmalen Fußweg gehen, der durch die Dünenlandschaft hindurchführte. Der Weg war bis zur Hälfte mit Sand zugeweht.

Bei jedem Schritt, den wir taten, stieg die Anspannung. Hinter den Dünen hörten wir bereits das Meeresrauschen. Die Luft um uns herum roch nach heißem Sand, Gestrüpp und Meersalz, nach Sommerhitze, die vom Boden aufstieg.

Als am Horizont die Nordsee zum Vorschein kam, gingen wir schneller, bis wir schließlich die letzten Meter rannten.

Wir erreichten ein Plateau und standen ungefähr drei Meter über dem Strand. Nun hatten wir freie Sicht auf die Nordsee, auf ein himmlisches Blau, auf ein schimmerndes Meer, das in der strahlenden Sonne glänzte.

Ganz weit am Horizont, etliche Kilometer entfernt, sah man kleine Segelboote und dahinter fuhren riesige Containerschiffe.

»Die fahren allesamt in den Hamburger Hafen zum Löschen«, sagte Ben.

»Zum Löschen?«, fragte ich.

»Ja, die Ladung löschen. Die Ladung runterholen.«

»Einen runterholen!«, fügte Richard hinzu und machte eine Faust, und dazu schnelle Handbewegungen.

Ben und Richard lachten.

»Die Container vom Schiff runterholen«, sagte Ben.

»Mensch, Tim, du bist echt voll das Landei.«

Ich machte das Shaka-Zeichen und schüttelte den Kopf.

Die letzten drei Meter hinab bis zum Strand mussten wir über eine schräge Steinmauer gehen. Dann zogen wir unsere Schuhe und Socken aus. Die Socken steckten wir in die Schuhe hinein.

»Können wir die Schuhe hier stehenlassen? Glaubt ihr nicht, dass sie geklaut werden?«, fragte Richard. »Die waren echt nicht billig.«

»Quatsch, hier auf der Insel klaut keiner was«, antwortete Ben.

Als wir die ersten zehn Schritte im Sand machten, wurden unsere Fußsohlen heißer und heißer, sie fingen zu brennen an, so, als ob jemand ein Feuer darunter entzündet hätte.

»Geht gar nicht!«, schrie Ben.

»Ich verbrenne!«, schrie Richard.

»Bloß weg hier!, schrie ich.

Und plötzlich rannten wir los. Wir wurden immer schneller und liefen, ohne zu überlegen, ins Meer hinein - in die Wellen. Die ersten drei oder vier Wellen waren kein Problem, dann erwischte uns eine größere Welle frontal. Wir stolperten und landeten kopfüber im Wasser. Ich spürte, wie das Salzwasser in meine Nase schoss und den Rachen hinunterlief. Gerade als ich Nase und Mund freigerotzt hatte, überschlug sich die nächste größere Welle über mir.

Wir tobten uns aus, schubsten uns gegenseitig ins Meer, standen auf, umarmten uns vor Freude und dann ging alles wieder von vorne los. Irgendwann hatten wir kein Bock mehr auf salzige Nasenspülungen und haben den toten Mann gemacht und ließen uns von sanften Wellen zum Strand zurücktreiben.

Wir zogen unsere nassen T-Shirts aus und legten uns auf den heißen, weichen Sandboden, einfach so mit nacktem Oberkörper.

Der Wind hatte zugenommen und fegte den warmen Sand über uns hinweg.

Als ich nach zwanzig Minuten aufstehen wollte, sagte ich: »Scheiße, ich habe Sand in die Augen bekommen. Scheiße, mein ganzes Gesicht ist voller Sand. Scheiße, in den Haaren auch.«

»Kein Grund zum Sterben«, meinte Richard.

»Zeig mal her«, sagte Ben.

Ben stand vor mir, kam mit seinem Gesicht ganz nah heran, fast hätten sich unsere Nasenspitzen berührt, er schaute mir in die Augen. Er öffnete seine Wasserflasche und spülte mir die Augen aus. Dann nahm er seine beiden Hände, und mit seinen langen, weichen Fingern rieb er den grobkörnigen Sand von meinen Wangen runter. Zum Schluss wuschelte er mir kräftig in den Haaren herum, bis auch dort der gröbste Sand entfernt war.

»Warum machst du das?«, fragte ich.

»Weil wir vielleicht Freunde sind?! Hallo?«, antwortete Ben und schüttelte den Kopf, weil er wohl nicht verstehen konnte, warum ich ihn gefragt hatte.

An unserem Hausstrand gab es einen offiziellen Badebereich. Rechts und links war das Badefeld mit hölzernen Pfählen markiert und abgesteckt worden.

Mitten im Badebereich saßen zwei DLRG-Rettungsschwimmer auf einem kleinen, mobilen Wachturm, geschützt durch einen durchsichtigen Plastik-Windschutz und trugen rote T-Shirts.

Ich fragte Ben, warum die Schwimmer die ganze Zeit beobachtet werden müssten, es sei doch alles easy hier.

Plötzlich hörten wir ein lautes Signal.

Wir schauten rüber, was los war.

Ein Rettungsschwimmer blies mehrmals in eine Tröte hinein. Dazu schwenkte seine Kollegin eine rote Fahne. Aber so richtig verstanden, warum die Rettungsschwimmer so viel Lärm gemacht haben, hat keiner.

»Warum das Theater? Das ist doch nicht gefährlich hier«, meinte Richard.

»Ja, ja«, sagte Ben und musste grinsen. »Das ist ja genau die Gefahr, die alle unterschätzen. Im Moment sieht es zwar nicht so gefährlich aus, aber die Situation kann sich jederzeit ändern. Der Wind muss nur stärker werden, und wenn dann Flut oder Ebbe einsetzt und das Wasser dramatisch steigt oder sinkt, kann es sein, dass du Hilfe brauchst, und nicht mehr alleine aus dem Meer rauskommst.«

»Und wie viele Menschen ertrinken hier im Meer?«, fragte Richard.

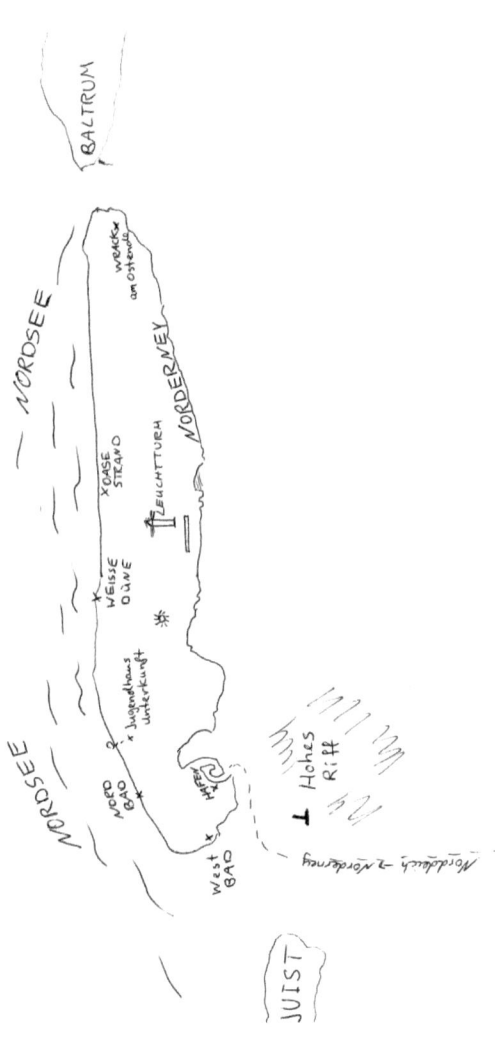

»Keine Ahnung«, sagte Ben. »Viele Schwimmer erkennen die heraufziehende Gefahr nicht früh genug. Wenn du Pech hast, gerätst du in Strömungen hinein. Dann besteht Lebensgefahr.«

»Lebensgefahr -«.

»Alles klar mit dir?«, fragte Ben.

Ich hatte »ja« gesagt und fragte ihn, ob er Lust hätte, das mal auszuprobieren.

»Was auszuprobieren?«, fragte Ben.

»Ob es heute gefährlich ist?«

»Das wird es aber nicht«, antwortete Ben.

»Warum?«, fragte ich.

»Komm mit!«, sagte Ben.

Richard hatte kein Bock und blieb am Strand liegen. Die Flut hatte eingesetzt, das Wasser war bereits leicht angestiegen. Ben und ich gingen so weit ins Meer hinein, bis wir nicht mehr stehen konnten.

Als wir im tiefen Wasser schwammen, merkte ich, dass es nicht gefährlich war. Ben hat rumgeplanscht, hat gelacht und gesagt, hier gäbe es auch keine gefährlichen Sandbänke.

Ich meinte, das wäre mehr Mittelmeer als Nordsee.

»Du warst doch noch nie am Mittelmeer«, sagte Ben.

»Stimmt«, habe ich geantwortet.

Ben machte den Vorschlag, am Strand spazieren zu gehen.

»Welche Richtung denn?«, fragte ich.

»Zum Nordbadestrand«, antwortete Ben. »Wir müssen nur den Strand entlanglaufen, Richtung Westen, und schon sind wir da.«

Wir weckten Richard auf, der kurzweilig am Strand eingeschlafen war, und gingen los. Ben meinte, dass am Nordbadestrand die ganz normalen Touristen liegen würden.

»Oh la la, vielleicht finden wir dort endlich was zum Ficken?!«, meinte Richard und war wieder putzmunter.

»Ganz bestimmt«, sagte Ben, lachte und schüttelte den Kopf.

Aus der Ferne erkannten wir bereits die blau-weiß gestreiften Strandkörbe.

»Das muss es schon sein«, sagte Ben.

Obwohl die Sonne schien und keine einzige Wolke am Himmel zu sehen war, gab es nur sehr wenige Menschen, die am Nordbadestrand herumliefen.

Richard setzte sich sofort in einen leeren Strandkorb, aber Ben meinte, dass das nicht ginge, weil wir dafür eine Gebühr zahlen müssten. Richard sagte, wir sollten den Strandkorb einfach kapern. Aber einfach reinsetzen, ohne zu bezahlen, das wollte ich nicht. Und dafür Geld ausgeben, das wollten die anderen nicht. Außerdem hatten wir eh kein Bargeld dabei.

»Wieso diskutieren wir dann?«, fragte Richard. Wir schauten uns an und zuckten die Achseln.

Nach einer kleinen Schwimmrunde hatten wir dann doch entschieden, einen unbewohnten Strandkorb zu besetzen, zogen die Fußteile heraus und legten die Beine darauf.

Alle drei saßen wir ganz eng beieinander und mit geschlossenen Augen suchten wir das Zentrum der Sonne, stoppten am heißesten Punkt und hörten nur noch das Meeresrauschen.

Ich überlegte, woran Ben jetzt wohl dachte, aber ich habe ihn nicht danach gefragt.

Dann schliefen wir ein.

»Moin, moin, meine Herren, darf ich kassieren, bitte?«

Plötzlich waren wir wieder hellwach, dabei war es gerade so schön und harmonisch gewesen.

Ben sagte, wir hätten nicht gewusst, dass der Strandkorb Geld kosten würde.

»Ist das kein kostenloser Inselservice?«, fragte ich.

Der Mann schüttelte den Kopf, verschränkte seine Arme und rührte sich nicht vom Fleck.

Ben schaute auf die Uhr.

»Es ist eh Zeit, Jungs, wir müssen wieder zurück zur Unterkunft. Sie entschuldigen uns«, sagte Ben.

Damit war die Sache für uns erledigt.

Den Rest der Woche verbrachten wir tagsüber mit Projektarbeit. Ben, Richard, ich und noch drei andere Schüler hatten das Projektthema »Bootsbau« ausgewählt. Die übrigen Schüler absolvierten ihr Praktikum in den Bereichen Umweltschutz, Fischfang oder Tourismus.

Jeden Morgen um acht Uhr fuhren wir mit dem Fahrrad über die Strandpromenade zum Hafen. Die ganze Zeit über hatten wir das Meer vor Augen, beobachteten das Aufschlagen der Wellen am Strand und hörten das Rauschen der Brandung.

Als wir den Hafen erreichten, änderte sich blitzartig der Geruch.

Es roch nach Fisch, stillem Meer, Salz, Schiffsdiesel und abgeschliffenen Bootsmetall. In den gebrauchten Fischernetzen befanden sich noch kleine, tote Krebse, alles roch nach Meeresalgen. Leichter Ölgeruch drang in meine Nase.

»Egal, wo du auf der Welt bist, so riecht jeder Hafen«, meinte Ben.

Wir stiegen von den Fahrrädern ab und schauten uns die im Hafen festgemachten Schiffe etwas genauer an.

Jeden Tag von neun bis zwei arbeiteten wir in einer Werft. Wir durften bei der Renovierung eines alten Segelbootes mithelfen. Jeden Morgen gingen wir zu unserem Chef und fragten: »Was liegt an, Captain?«

»Korrosion, Laminieren, Spachteln und die Muttern nachziehen und sichern,« hat er immer geantwortet.

Wir haben dann jedes Mal »aye aye captain!« geschrien.

Stefan, Markus und Moritz arbeiteten an einem Motorboot und mussten das Ankergeschirr reinigen und sämtliche Schlauchverbindungen überprüfen.

Obwohl die Renovierungsarbeiten sehr anstrengend waren, verging die Zeit bis Mittag relativ schnell. Nur am letzten Tag der Projektwoche verlor ich die Lust, dachte schon an unseren Ausflug, den wir am Spätnachmittag machen wollten.

Dann kam die Überraschung.

»Da ihr die letzten Tage gut gearbeitet habt, könnt ihr heute schon um zwölf Uhr Feierabend machen«, sagte der Captain.

Ich begann zu strahlen. Und wir zögerten keine Sekunde und riefen: »Aye, aye, Captain!«, und hatten alles stehen und liegen lassen. Der Captain pfiff uns zurück und sagte, wir sollten zumindest alles noch ordentlich aufräumen.

»Aye, aye, Captain! Machen wir!«

Innerhalb von zehn Minuten war alles aufgeräumt. Wir schnappten unsere Fahrräder und fuhren zurück zur Unterkunft. Ganz schnell zogen wir uns um, packten die Badesachen ein und fuhren zum Oase-Strand, den wir noch nicht kannten.

»Erst mal Richtung Leuchtturm«, schrie Ben.

Auf dem Hinweg hatten wir uns ein paarmal verfahren. Der Radweg führte durch Dünenwälder und die

Umgebung war schwer zu überschauen. An den Rad-wegkreuzungen waren zwar überall Schilder ange-bracht, die uns aber mehr verwirrten, als dass sie uns halfen. Schließlich orientierten wir uns am Leucht-turm, der zwischen den Hügeln immer wieder auf-tauchte und verschwand.

Als wir den Leuchtturm passiert hatten, schrie Ben: »Jetzt links abbiegen! Den steilen Weg runter!«

Als wir die Fahrräder auf dem Parkplatz abgestellt und abgeschlossen hatten, mussten wir einen schmalen Fußweg hoch, der uns über eine Düne führte. Von hier oben hatten wir einen unbeschreiblichen Blick aufs Meer, um uns herum überall Sanddünen.

Mitten auf dem Weg hatten die Inselbewohner ein großes Schild aufgestellt, unter das man hindurchge-hen musste. Auf dem Schild stand:

»Willkommen am Oase-Strand von Norderney! Up rechte Sied mutt de Büx ut!«.

»Was soll das denn heißen?«, fragte ich.

»Du sollst auf der rechten Seite des Strandes deine Hose runterlassen«, sagte Ben.

»Warum?«

Richard musste lachen und sagte: »Ich habe euch doch gesagt, dass es auf der Insel einen FKK-Strand gibt, aber ihr wolltet mir ja nicht glauben.«

»Müssen wir jetzt alle nackt rumlaufen?«, fragte ich.

»Na klar!«, sagte Richard.

»Ist doch okay«, meinte Ben, »dann bekommt Richard endlich was zum Ficken!«

Als wir am Strand angekommen waren, schauten wir uns um. Wir waren enttäuscht. Viele alte, nackte Men-schen, aber keine einzige Beach Bitch zu sehen.

»Mit Ficken ist hier nix«, sagte Richard.

»Nee«, meinte ich, »Appetit holen auch nicht.«

»Nee«, hat Ben gesagt, »Hunger habe ich jetzt auch keinen mehr. Wir können ja zuerst zum Wrack laufen und danach schwimmen gehen?«

»Was für ein Wrack?«

»In der Nähe gibt es ein Wrack. Das liegt am Ende der Insel. Nicht weit von hier«, sagte Ben.

Wir zogen die Schuhe aus, ließen sie am Strandhaus stehen und gingen ganz nah am Meer entlang. Jede zweite Welle spülte uns kaltes Meerwasser unter die Füße. Bei der Hitze war das eine willkommene Abkühlung. Vor uns lag ein langer, flach abfallender Sandstrand, der sanft im Meer verschwand.

»Golden Beach«, sagte Richard.

»Yes!«

In einem gleichmäßig klingenden Rhythmus schlugen die Wellen auf und verloren ganz langsam ihre Energie. Der weiße Meerschaum am Strand funkelte in der Sonne.

Der starke Wind drückte uns von hinten in den Rücken rein, schob uns Meter für Meter nach vorne und half uns mühelos voranzukommen. Mit unseren Sonnenbrillen sahen wir richtig cool aus.

»Da, seht ihr die Sandbänke überall?«, fragte Ben. »Bei Hochwasser sind die alle verschwunden, unsichtbar, und wenn du beim Schwimmen dazwischengerätst, und die Stelle nicht kennst, dann wird es brenzlig, die Rippströmung treibt dich raus aufs Meer. Und du weißt nicht warum. Wenn du Pech hast, schaffst du es nicht mehr zurück.«

Richard und ich nickten. Wir marschierten weiter den Strand entlang.

»Das kann doch nicht sein«, sagte ich, »wir kommen irgendwie unserem Ziel nicht näher. Das zieht sich aber ganz schön.«

Richard drehte sich um und sagte: »Komm, lass uns umdrehen, noch ist das Strandhaus nicht allzu weit entfernt.«

Wir kamen an einem toten Seehund vorbei, dessen Augen bereits herausgefressen waren.

»Wir sind gleich da«, beruhigte uns Ben.

Nach vierzig Minuten tauchte am Horizont eine Stadt auf, da war ich mir sicher. Ben meinte, das könnte nicht sein, das wäre eine Fata Morgana. Ich sagte, ich wäre nicht blöd und beschrieb die Farben der Häuser, die ich sah. Richard gab mir recht.

Als wir fast am Ende der Insel angekommen waren, tat sich zwischen der Insel und den Häusern, die wir am Horizont gesehen hatten, Wasser auf. Ich hatte doch recht gehabt. Aber die Häuser gehörten nicht mehr zur Insel Norderney, sondern zur gegenüberliegenden Insel.

»Das muss Baltrum sein«, meinte Ben. »Wusste nicht, dass die beiden Inseln so dicht aneinander liegen. Wir müssen jetzt noch um die Ecke rum. Das Wrack liegt am Ostende.«

»Das sagst du uns erst jetzt?«, protestierte Richard.

Meine beiden Waden taten schon ordentlich weh, deshalb sagte ich nichts mehr.

Nach »was weiß ich wie lange« erreichten wir endlich das Wrack. Viel davon war nicht mehr zu sehen. In all den Jahren hatte der Wind den größten Teil des Wracks mit Sand bedeckt.

Nach zwanzig Minuten entschlossen wir uns, den Rückweg anzutreten. Sofort erkannten wir, welches Problem wir hatten. Gegenwind! Auf dem Hinweg hatten wir uns darüber noch keine Gedanken gemacht.

»Das gibt es doch nicht«, sagte Richard. »Ausgerechnet jetzt muss der Wind so zunehmen.«

Auf dem Rückweg haben wir dann die meiste Zeit geschwiegen. Jeder versuchte seinen eigenen Schrittrhythmus zu finden, um Kräfte zu sparen.

Als wir endlich am Strandhaus angekommen waren, mittlerweile hatte ich leichte bis schwere Wadenkrämpfe bekommen, tobte das Meer. Die Flut hatte sich den Strand zurückerobert und die Wellen waren hoch und stark.

»Geiles Bild, oder?!«, sagte ich.

»Wisst ihr, was wir jetzt machen?«, fragte Richard.

»Was?«

»Zur Belohnung springen wir ins Meer rein, kopfüber in die hohen Wellen. Kommt!«, schrie Richard.

»Stopp! Wir können da nicht rein!«, antwortete Ben und zeigte auf die rote Flagge, die am Fahnenmast wehte.

»Das kann doch nicht so gefährlich sein«, sagte ich.

»Ich glaube, wir haben Höchstwasserstand und die Ebbe hat jetzt eingesetzt. Und dann noch die hohen Wellen heute, die hauen dich weg!«, sagte Ben. »Zu gefährlich, glaubt mir.«

Enttäuscht verließen wir den Oase-Strand.

Natürlich kamen wir zu spät zum Abendessen. Als wir den Speisesaal betraten, haben sie uns alle angeschaut und fingen an zu lachen. Zuerst wussten wir nicht warum, dann hat einer gesagt, wir sähen aus wie feuerrote Leuchtbojen. Wir rannten zur Toilette und schauten in den Spiegel.

»Was für ein Scheiß!«

»So `ne Scheiße will keiner im Spiegel sehen!«

»Scheiße, Digger!«

Wir hatten uns ordentlich die Fresse verbrannt.

Richard rannte aufs Zimmer und holte seine Bodylotion. Die Tube war schnell leer, aber viel geholfen hatte die Creme nicht. Erst jetzt merkten wir so richtig den Sonnenbrand in der Fresse.

Vom Abendessen war nicht mehr viel übriggeblieben. Die anderen hatten die Vor- und Hauptspeisen schon komplett weggefressen. Lehrer Becker meinte, das wäre die gerechte Strafe fürs Zuspätkommen. Nur die Nachspeise wollten viele nicht essen. Obst aus der Dose zubereitet in einem Glasschälchen. Jeder von uns hat dann so sieben Dinger leer gemacht. Aber satt geworden, sind wir nicht.

»Aber Morgen«, sagte ich, »machen wir gar nichts, einfach nur faul am Strand abhängen und viel Chips essen.«

»Ja«, fügte Richard hinzu, »nur faul am Strand abhängen, Chips essen und geile Ärsche gucken, sonst gar nix!«

Plötzlich wurde Ben ans Telefon gerufen. Ich habe gedacht, jemand aus seiner Familie sei gestorben. Aber das war nicht so.

Nach drei Minuten kam Ben freudestrahlend zurück und sagte, der Eigner des Segelbootes wäre am Telefon gewesen und hätte sich für die gute Renovierung und Reparaturarbeit seines Bootes bedankt. Aber das wäre noch nicht alles. Er hätte uns morgen früh zu einer Segeltour eingeladen, pünktlich um zehn Uhr.

»Also doch nicht Ärsche gucken«, sagte Richard. Wir mussten lachen.

Um für den nächsten Tag fit zu sein, gingen wir früh ins Bett. Vorher hatte Ben uns noch die wichtigsten Segelkommandos beigebracht. Wir wollten am nächsten Tag nicht ganz so dumm dastehen.

Ich schlief tief und fest.

Plötzlich rüttelte mich jemand. Zuerst habe ich nicht reagiert, dann öffnete ich meine Augen und sah

Richard, der neben mir am Bett stand. Ich hatte Mühe aufzuwachen.

»Wie spät ist es?«, fragte ich.

»Sechs Uhr«, flüsterte Richard.

Ich schaute mich um und sah, dass Ben noch schlief.

»Bist du bescheuert, Richard? Ben schläft doch auch noch. Warum weckst du mich so früh?«

Richard meinte, er hätte Louis gesehen. Ich fragte ihn, ob er schlecht geträumt hätte.

»Nein, nein«, sagte Richard, »Louis steht unten am Eingang. Als ich von der Toilette kam, hörte ich Stimmen und habe nachgeschaut. Louis stand mit Lehrer Beller zusammen und quatschten miteinander.«

Louis schien wieder gesund zu sein. Und seine Krankheit vollständig ausgeheilt. Es war ihm wohl erlaubt worden, die letzte Woche mit uns im Ferienlager zu verbringen.

»Lass mich in Ruhe«, sagte ich, »wir gehen gleich Segeln und ich muss fit sein«, zog mir die Decke über den Kopf und versuchte wieder einzuschlafen. Aber das funktionierte nicht mehr.

Kurze Zeit später ging unsere Zimmertür auf. Louis und Lehrer Beller kamen herein. Wir taten so, als ob wir noch schlafen würden. Der Lehrer zeigte auf das freie Etagenbett und sagte: »Hier kannst du dich hinlegen. Das Bett ist noch frei. Bis später.« Dann verließ er wieder das Zimmer.

Louis bezog sein Bett mit frischer Bettwäsche. Als er sah, dass ich wach war, fragte er mich, ob das für mich okay sei, wenn er über mir schläft. Ich antwortete mit Ja, und tat so, als ob ich nichts dagegen hätte. Er sagte, er käme direkt vom Flughafen Norderney und dann hat er noch gefragt, was wir heute machen würden. Ich sagte, dass wir zum Segeln verabredet wären, er aber nicht mitkommen kann.

»Das Segeln ist nur für uns drei«, sagte Richard. »Eine Belohnung für unsere Praktikumsarbeit. Du hast ja nicht mitgearbeitet, also kannst du auch nicht dabei sein.«

»War ja nur ne Frage«, sagte Louis und verstaute seine Sachen im Kleiderschrank, anschließend verließ er das Zimmer.

Nach einem kurzen, mageren Frühstück schnappten wir unsere Fahrräder. Wir nahmen den direkten Weg zum Hafen quer durch die Innenstadt von Norderney, um ja keine Zeit zu verlieren.

Als wir am Hafen ankamen, sahen wir schon das alte Holzsegelboot, das wir mit viel Mühe und Fleiß renoviert hatten. Ein Kran hatte es zu Wasser gelassen. Das Boot lag nun festgemacht an der Kaimauer.

Plötzlich trat jemand aus der Kajüte heraus. Es war derselbe junge Typ, den ich beim Auslaufen aus dem Hafen Norddeich gegrüßt hatte, als er mit seinen beiden Freunden mit dem Segelboot aufs Meer rausfuhr. Er erkannte mich sofort wieder und machte das Shaka-Zeichen. Ben, Richard und ich grüßten entsprechend zurück.

»Überrascht, mich wiederzusehen? Ich bin der Eigner dieses Schiffes, mein Name ist Mike, und ich dachte mir, bei der ersten Fahrt nach der Renovierung solltet ihr dabei sein. Falls ihr schlecht gearbeitet habt, und nicht alle Muttern nachgezogen und gesichert sind, dann gehen wir halt gemeinsam unter.«

»Das ist nur fair«, sagte Richard.

Der Deal stand und wir gingen an Bord. Mike startete den Dieselmotor. Ben machte die Vorleine los und ich die Achterleine, während Richard die Fender einholte.

Langsam tuckerten wir aus dem Hafen raus. Als wir den Westbadestrand nach kurzer Zeit erreichten, ging alles ganz schnell.

»Klar zum Setzen des Großsegels!«, schrie Mike, der am Steuerrad stand, und drehte das Boot gegen die Windrichtung. Dann schrie er: »Hisst das Großsegel!«

Ben zog das Großsegel mit einem Seil aus dem Mast heraus. Richard bediente die Winsch und kurbelte, bis das Großsegel richtig straff war.

»Großsegel ist gehisst«, schrie Ben.

Sofort nahmen wir Geschwindigkeit auf und das Segelboot kippte auf die linke Seite. Ich hatte Mühe mich festzuhalten und schrie: »Wir kippen um!«

Alle lachten.

Ben meinte nur, das Schiff hätte jetzt eine Krängung, nichts Schlimmes, mehr nicht. Ich zuckte mit den Schultern. Ganz wohl war mir nicht bei der Sache. In Gedanken ging ich nochmal alle Schrauben durch, die ich während der Renovierung nachgezogen hatte, und überlegte, ob ich wirklich keine Schraube vergessen hatte. Dann durfte ich mithelfen, die Fock zu setzen.

»Klar zum Setzen der Fock«, schrie Mike

»Ist klar«, schrie Ben zurück.

»Hisst die Fock!«

Ben nahm die Leine und zog langsam die Rollfock raus, während ich die Winsch bediente. Ich kurbelte so lange, bis Mike meinte, dass das Vorsegel nun straff genug sei. Wir waren ein gutes Team. Als wir fertig waren, schrie Ben noch: «Fock ist gehisst!« Die Krängung war jetzt noch stärker geworden, aber ich hatte keine Angst mehr.

Wir segelten einmal die Küste von Norderney entlang, in sicherer Distanz zum Nordstrand, weil Mike meinte, dass es hier viele Sandbänke gäbe und denen sollten man mit dem Schiff nicht zu nahekommen. Ansonsten »aus die Maus«.

Ich genoss die Aussicht. Wir hatten einen geilen Blick auf die Dünentäler von Norderney, den Sandstrand und grüßten die Besatzungen der vorbeifahrenden Schiffe.

Ich saß Backboard. Die Krängung war so groß, dass ich mit meiner linken Hand ins Meer fassen konnte. Wir wurden durch die Wellen hin und her geschüttelt. Das Segelboot tauchte in die Wellen ein und stieg wieder auf. Ein ständiges rauf und runter. Dabei bekam ich in regelmäßigen Abständen Meerwasser in die Fresse und habe mich kaputtgelacht. Warum ich dabei so lachen musste, das weiß ich nicht.

Kurz vor Baltrum sagte Mike: »So, Jungs, es ist Zeit umzukehren. Die Zeit läuft uns davon. Klar zur Wende!«

»Ist klar«, schrie Ben.

«Ree«, schrie Mike, drehte am Steuerrad und gleichzeitig brüllte er: »Über die Fock!«

Richard machte die Schot des Vorsegels los, anschließend zogen Ben und ich das Vorsegel mit dem Seil rüber, während das Großsegel von alleine auf die andere Seite kippte.

Die Stimmung an Bord war super und Mike cool drauf. Dann hat Richard mich gefragt, ob ich gleich kotzen müsste, ich würde so blass aussehen. Ich hatte mit Nein geantwortet, aber kurze Zeit später, nachdem er mich gefragt hatte, war ich mir nicht mehr so sicher.

Ben saß ganz vorne am Bug und war mit einer Sicherheitsleine abgesichert. Er ließ seine Beine und Füße von der Reling baumeln. Jedes Mal, wenn das Boot in eine Welle eintauchte, tauchten auch seine Beine knietief ins Wasser ab. Ben hatte tierischen Spaß.

Als wir von Bord gingen und auf die Fahrräder stiegen, fragte uns Mike, ob wir nächstes Jahr wieder hier wären. Wir antworteten, dass wir das nicht wüssten, solche Sachen hätten wir nicht zu entscheiden. Dann sagten wir noch »Tschüss« und fuhren los.

Wir kamen am Strandabschnitt Georgshöhe vorbei und legten einen spontanen Zwischenstopp ein, kauften drei große Eishörnchen im Stadtzentrum und fuhren wieder hoch zur Strandpromenade. Wir setzten uns auf eine Bank und schauten schweigend raus aufs Meer, was ich am liebsten tat.

Plötzlich fing Richard zu schreien an: »Eh, was soll das! Du Arschloch! Gib mir mein Eis zurück!«

Richard schaute mich an und ich schaute ihn an, dann zeigte er mir seine leeren Hände.

»Wo ist mein Eis?«, fragte er völlig verwirrt.

Ich zuckte mit den Achseln, leckte an meinem Eis und ließ es im Mund genüsslich zergehen.

»Da«, schrie Ben und zeigte auf eine Möwe, die fünf Meter entfernt auf dem Gehweg stand, »die Möwe hat dein Eis! Die ist von oben herangeflogen. Und du hast es nicht bemerkt.«

In diesem Moment konnten wir gerade noch sehen, wie die Möwe Richards Eishörnchen runterschluckte. Die Möwe schluckte zweimal und das komplette Eis war futsch. Ben und ich konnten uns kaum noch einkriegen vor Lachen.

»Das war die Möwe von der Fähre. Jetzt weißt du, warum sie dich beobachtet hat. Die hat dich die ganze Zeit auf der Insel nicht aus den Augen gelassen«, sagte Ben. »Die wollte nur ein Eis von dir.«

»Das gibt es doch gar nicht!«, schrie Richard und regte sich auf, wie man als Tier so dreist sein konnte.

Nachdem wir in unsere Unterkunft zurückgekehrt waren, fühlte ich mich nicht gut. Mir war schwindelig und übel. Ben meinte, ich hätte die Seekrankheit, die auch an Land anhalten kann. Ich schüttelte meinen Kopf, machte das Shaka-Zeichen und legte mich ins Bett. Das Abendessen ließ ich ausfallen. Später bekam ich doch noch Hunger und ging runter. Als ich am Eingang zum Speisesaal stand und durch die Glastür schaute, sah ich, dass Louis, Ben und Richard gemeinsam am Tisch saßen, miteinander quatschten und lachten. Ich ging wieder rauf und legte mich ins Bett.

Eine Stunde später kam Ben aufs Zimmer, um mich abzuholen. Der Abendausflug mit allen Schülern zum Nordbadstrand zu den Wellensurfern stand an. Ich sagte, mir wäre weiterhin schlecht und hätte entschieden in der Unterkunft zu bleiben.

»Okay«, sagte Ben und verschwand sofort wieder. Das war's. Nachgefragt hat er nicht. Mein Gesundheitszustand schien ihm egal gewesen zu sein.

Draußen im Hof hörte ich großen Lärm. Ich stand auf, schaute aus dem Fenster und sah, wie die Gruppe losfuhr. Louis, Ben und Richard sind nebeneinanderher gefahren, unterhielten sich und waren gut gelaunt.

Mittlerweile war es schon elf Uhr, ich war alleine und hatte Langeweile, aber die Gruppe war immer noch nicht zurück. Plötzlich hörte ich, wie jemand die Treppen hinaufkam, und ging raus auf den Flur. Ein Schüler, der früher zurückgekommen war, meinte, die anderen würden bestimmt noch am Strand sitzen. Das könnte dauern.

Ich stellte mir einen Stuhl vors Fenster und schaute raus. Die Situation erinnerte mich ans Internat, das gefiel mir nicht.

Irgendwann gegen zwei Uhr kam eine größere Gruppe von Schülern zurück, darunter auch Ben, Richard und Louis. Ich legte mich ins Bett und tat so, als ob ich schlafen würde. Alle drei stürmten voller Euphorie zur Tür herein und machten das Licht an. Ich schaute sie an, dann erzählten sie mir, wie geil das bei den Wellensurfern gewesen sei und wie romantisch das Lagerfeuer am Strand war. Sie hätten Äste am Strand gesammelt und ein Feuer gemacht, und dazu Rotwein getrunken. Vorher wären sie noch an der Weststrandbar gewesen und hätten sich Bier reingezogen.

Das alles hat mich aber nicht interessiert.

Ich sagte nur: »Ihr Idioten habt mich geweckt. Mir geht es nicht gut!.« Danach hörten sie auf zu erzählen.

Dann sprang ich aus dem Bett und zog Ben auf den Flur hinaus und fragte ihn, warum er sich denn auf einmal so gut mit Louis verstehen würde. Er hat gesagt, so schlimm wie ich ihn dargestellt hätte, wäre Louis in Wirklichkeit gar nicht.

Ich hatte nicht weiter nachgefragt und bin dann ins Bett gegangen und eingeschlafen. Die anderen auch.

Es war mitten in der Nacht, als ich aufwachte. Draußen war es laut geworden. Außer mir wurde niemand wach. Ich stand auf, ging zum Fenster, schob den Vorhang zur Seite und schaute raus. Der Himmel war mit dunklen schwarzen Wolken bedeckt. Am Horizont sah man vereinzelt Blitze, aber gedonnert hatte es nicht. Als ich das Fenster öffnen wollte, spürte ich auf einmal einen starken Druck, ein heftiger Windstoß schlug gegen das Fenster, und ich hatte große Mühe, das Fenster wieder zu schließen.

Der Sturm schoss durch die Bäume und verursachte ein lautes Blattrauschen, was mir Angst machte. Unsere Fahrräder, die wir vor dem Haus abgestellt hatten, waren bereits alle umgekippt. Einzelne Äste knickten ab und fielen auf den Boden. Starkregen setzte ein. Das Sonnensegel, das über dem Vorhof hing, hatte sich losgerissen und flog durch die Luft. Die hauseigene Fahne, die am Fahnenmast hing, hatte sich aus der Verankerung gerissen und hing nur noch an einem Haken.

Ich zog den Vorhang wieder zu und legte mich ins Bett und versuchte einzuschlafen. Meine Augen versuchte ich krampfhaft geschlossen zu halten. Aber das gelang mir nicht allzu lange. Immer wieder gingen sie auf. Ich musste über Louis nachdenken, der über mir schlief. Und hörte, wie er leise atmete.

Eingeschlafen bin ich nicht mehr.

Zwischendurch ging ich zum Waschbecken, um mir die Augen auszuspülen.

»Was ist los?«, murmelte Ben im Halbschlaf.

»Wir haben Sturm draußen«, sagte ich, »schlaf einfach weiter. Es ist erst fünf Uhr.«

Aufgrund des schlechten Wetters verkündeten die Lehrer beim Frühstück eine Tagesplanänderung. Anstatt Hafenbesichtigung mit anschließender Wattwanderung, ging es nun ins Freizeitbad.

Obwohl es mir wieder besserging, blieb ich in der Unterkunft.

»Ich kann dich wirklich nicht verstehen«, meinte Ben.

»Kein Problem«, sagte ich, »aber Wasser tut mir im Moment nicht gut. Ich bleibe hier.«

»Bist du sicher?«, fragte Richard.

»Ja, fahrt ohne mich, ist okay«, antwortete ich.

Während sich alle auf den Weg machten, wartete ich noch eine Zeit lang in der Unterkunft, um sicherzugehen, dass niemand zurückkam, weil er vielleicht etwas vergessen hatte. Nach fast einer Stunde Wartezeit schnappte ich mir mein Fahrrad und fuhr los.

Das Restaurant am Oase-Strand war heute geschlossen. Auf dem Fahrradabstellplatz standen nur zwei Fahrräder. Ich ging den schmalen Fußweg zur Düne hoch. Als ich oben angelangt war, blickte ich runter auf den Strand. Alles war wie leergefegt, nur vereinzelt waren Menschen unterwegs, dick eingepackt in Wind- und Regenkleidung. Kein Vergleich zu den letzten sonnigen Tagen.

Ich ging den Weg runter zum Strandhaus. Die Strandumgebung erkannte ich nicht wieder. Das Meer tobte und der Sturm schlug meterhohe Wellen aufs Land, fast bis zum Strandhaus. Strandabschnitte, die ich nur trocken und sicher erlebt hatte, waren jetzt überflutet.

Ein Rettungsschwimmer, der gerade dabei war, die rote Fahne, die sich am Fahnenmast losgerissen hatte, neu zu befestigen, hatte mich gesehen. Er fragte mich, was ich hier bei dem Scheißwetter machen würde und woher ich käme und warum ich alleine unterwegs sei. Nachdem ich alle seine Fragen beantwortet hatte, fragte ich ihn, warum jetzt niemand ins Wasser gehen sollte. Der Typ zeigte mir einen Vogel.

»Weil Sturm ist?«, fragte ich.

»Nein«, antwortete der Rettungsschwimmer, »wir haben keinen Sturm, »wir haben Starkwind, zwischen sechs und sieben Beaufort, erst darüber spricht man von Sturm.«

»Ach so, das wusste ich nicht.«

Aber das wäre auch egal, meinte er, der Höchstwasserstand wäre erreicht und die Ebbe hätte eingesetzt. An dieser Stelle würde schnell und viel Wasser ablaufen, das könnte man an den Dalben bei Ebbe sehen. Für jeden Schwimmer, der jetzt ins Meer geht, würde Lebensgefahr bestehen.

Ben hatte also recht gehabt.

»Und einfach mal rüberschwimmen zum letzten Holzpfahl mit dem gelben Zeichen obendrauf, geht auch nicht?«, fragte ich.

Der Typ zeigte mir wieder einen Vogel.

»Der Badebereich ist bei Starkwind und hohen Wellengang geschlossen. Hier sind überall Sandbänke, dazu Unterströmungen und Rippströmungen. Alles, was ein Schwimmer heute nicht gebrauchen kann. Und die Ebbe treibt dich raus aufs Meer und du kommst nicht mehr zurück. Das wollen wir doch nicht, oder?«

»Nein«, sagte ich, »das wollen wir nicht.«

»So, ich haue jetzt ab, heute gibt es hier nichts mehr für mich zu tun. Tschüss!«

»Tschüss!«

Der Rettungsschwimmer ging zu seinem Quad und fuhr davon. Ich ging zum Strandhaus zurück und schaute auf die Gezeitentafel, die in einem Glaskasten ausgehängt war.

Dann überlegte ich.

18:18 Uhr?

Ich rechnete noch mal alles durch, um keinen Fehler zu machen.

Alles richtig, habe ich gedacht, 18.18 Uhr.

Am nächsten Morgen schaute ich aus dem Fenster. Das Wetter war besser als gestern, aber immer noch stürmisch. Als ich für einen kurzen Moment mit Louis allein im Zimmer war, sagte ich ihm, dass er heute eine Mutprobe zu bestehen hätte.

»Eine Mutprobe?«, fragte Louis.

»Ja«, sagte ich, »eine Mutprobe, die wir hier schon alle gemacht haben. Ben und Richard haben die Mutprobe bereits erfolgreich bestanden.«

Louis schaute mich völlig überrascht an.

Ich sagte, er solle seine Badesachen mitnehmen, aber niemanden etwas von der Mutprobe erzählen. Das müsste ein Geheimnis unter Freunden bleiben. Den ganzen Tag über müsse er ganz eng bei mir bleiben, denn irgendwann würden wir uns von der Gruppe heimlich absetzen.

Und so geschah es dann auch.

Nachdem wir die gemeinsame Leuchtturmbesichtigung mit der Gruppe beendet hatten, gab ich Louis ein heimliches Handzeichen und wir setzten uns von der Gruppe ab, ohne dass es jemand bemerkte. Auch Ben und Richard hatten nichts mitbekommen. Ich fuhr mit Louis zum Oase-Strand, den er noch nicht kannte.

Als wir um halb sieben am Strandhaus ankamen, war das Strandhaus geschlossen und niemand in der Nähe. Der Himmel war stark bewölkt, aber es regnete nicht. Der Wind hatte ein wenig nachgelassen, aber wehte immer noch stark und böig.

Hinter einer kleinen Holzwand stellte Louis seinen Rucksack ab und zog sich die Badehose an. Dann gingen wir rüber zum Badefeld, das ungefähr einhundert Meter vom Strandhaus entfernt lag.

»Das ist das offizielle Badefeld«, sagte ich. »Wie du siehst, ist das Feld auf jeder Seite, links und rechts, mit jeweils sieben hölzernen Pfählen abgesteckt.«

Wir gingen rüber auf die rechte Seite. Als wir so zwanzig Meter vom ersten Holzpfahl entfernt waren, standen wir bereits Zehnzentimeter unter Wasser.

»Der letzte Holzpfahl dahinten markiert das Ende des Badebereichs und hat ein gelbes Zeichen obendrauf. Siehst du?«

»Du meinst das kleine gelbe Kreuzzeichen auf dem Balken?«, fragte Louis.

»Ja«, sagte ich. »Du schwimmst bis zum letzten, siebten Holzpfahl und musst den Holzpfahl mit der Hand berühren und wieder zurückschwimmen. That`s it!«

»Sollte kein Problem sein«, sagte Louis. »Zeit?«

»Zeit spielt keine Rolle«, antwortete ich. »Wir haben jetzt genau sieben Uhr. Du kannst dir so viel Zeit lassen, wie du brauchst. Hauptsache du berührst den siebten Pfahl mit der gelben Markierung obendrauf. Ich werde das genau beobachten« und zog eine kleine Pocket-Videokamera aus meiner Jackentasche. »Mit dem Zoom kann ich dich ganz nah heranholen. Wenn du schummelst, bist du bei uns unten durch.«

»Nein, werde ich nicht. Wie weit denkst du, ist der siebte Pfahl von hier entfernt?«, fragte Louis.

»Ich denke, mmh, keine Ahnung, nicht weit.«

»Ok.«

»Hast du die Regeln verstanden?«, fragte ich.

»Ja.«

»Bist du damit einverstanden?«

»Ja«, antwortete Louis.

Die nächsten Schritte ins Meer gingen wir gemeinsam, parallel nebeneinanderher. Als die erste größere Welle gegen unsere Beine schlug, stolperten wir rückwärts. Gerade als wir glaubten, sicher zu stehen, floss das Wasser wieder ins Meer zurück und zog uns den Sand unter den Füßen weg. Wir verloren erneut den

Halt, rutschten aus und konnten uns gerade noch gegenseitig festhalten.

»Was ist? Hast du jetzt schon Angst alleine reinzugehen?«, fragte ich.

Er schüttelte den Kopf. Ich sagte, dass ich hier am Strand auf ihn warten würde.

Louis ging alleine weiter, Schritt für Schritt, bis er zu den Hüften im Wasser stand.

Er hatte Mühe, sich zu halten.

Wellen schlugen gegen seinen Körper, und die weißen Brecher ließen ihn taumeln, so, als hätte er einen Kinnhaken verpasst bekommen.

Als er merkte, dass er zu Fuß nicht weiter vorankam, sprang er über die Wellen drüber.

Als er den vierten Pfahl erreichte, konnte er nicht mehr stehen. Dafür war die Stelle schon zu tief. Und die Wellen zu hoch.

Er begann zu schwimmen und mit Mühe erreichte er den fünften Holzpfahl.

Mit vollem Einsatz schwamm er weiter raus. Er schien ein guter Schwimmer zu sein.

Er wechselte regelmäßig die Technik, von Brustlage zur Kraultechnik, dann Delfin und zurück zum Brustschwimmen.

Dann tauchte er unter den Wellen hindurch. Für kurze Zeit verlor ich ihn aus den Augen, bis er Sekunden später wieder aus dem Meer auftauchte.

Er schwamm ganz eng an den hölzernen Pfählen entlang, um den kürzesten Weg zu nehmen.

Nach einiger Zeit und mit großer Qual erreichte er den sechsten Pfahl.

Der siebte, sein Ziel, war nur noch wenige Meter von ihm entfernt.

Als er genau zwischen dem sechsten und siebten Holzpfahl war, wurde er plötzlich seitlich abgetrieben. Eine starke Seitenströmung hatte ihn erfasst und trieb ihn aus dem Badefeld heraus.

Mit voller Kraft kraulte er gegen die Strömung an, wollte die letzten Meter bis zum siebten Holzpfahl noch irgendwie schaffen. Aber seine Kräfte ließen nach, die Seitenströmung war zu stark.

Er wurde weiter abgetrieben, aber hatte Glück. Er kam an eine Stelle, wo die Seitenströmung nicht mehr so stark war, und erwischte eine Sandbank, wo er stehen konnte.

Aber das war nicht von langer Dauer. Eine neue, hohe Welle riss ihn von der Sandbank runter.

Er begann erneut zu tauchen, unter den Wellen hindurch.

Er schwamm weiter raus aufs Meer und versuchte, das schien seine neue Taktik zu sein, den siebten Holzpfahl von der Meerseite aus erreichen zu wollen.

Nur noch zwanzig Meter war er von seinem Ziel entfernt, aber er kam nicht näher heran, obwohl er das Kraulen verstärkt hatte.

Als er nicht mehr konnte, versuchte er sich im tiefen Wasser auszuruhen, verharrte an einer Stelle. Aber seine Position zu halten, fiel ihm äußerst schwer. Ständig musste er gegen die herankommenden Wellen ankämpfen.

Die Wellen packten ihn und drückten ihn ständig unter Wasser. Ich machte mir nicht die Mühe, die Sekunden zu zählen, wie lange er unter Wasser blieb.

Er begann auf dem Rücken zu schwimmen. Mit dieser Technik schien es ihm leichter zu fallen, seine Position zu halten und neue Kraft zu sammeln.

Dauernd schleuderte er seine Arme nach hinten und strampelte kräftig mit den Beinen. Im ersten Moment sah es so aus, als ob es ihm gelingen würde, eine stabile Position im Wasser zu finden. Aber die Wellen waren stark und mächtig. Sie schleuderten ihn umher und drückten ihn regelmäßig unter Wasser. Dabei trieb er immer weiter raus aufs Meer, Meter für Meter.

Sein Gesicht sah gequält aus.

Er geriet in Panik und war wohl überrascht, denn erst jetzt hatte er bemerkt, wie weit der Strand mittlerweile von ihm entfernt lag.

Sein Zustand wirkte hilflos.

Er hat weder gerufen noch geschrien.

Sein ganzer Körper verschwand jetzt öfter unter Wasser, seine Augen waren weit aufgerissen. Er ruderte unaufhörlich mit seinen Armen.

Ich sah Angst in seinen Augen, als plötzlich eine weitere Welle auf seinen Körper einschlug und ihn unter Wasser drückte.

Sekunden später sah ich nur noch sein Gesicht. Er versuchte zu atmen. Sein Mund schnappte nach Luft. Wasser drang in seinen Mund ein. Und spuckte alles wieder aus.

Seine Arme waren jetzt seitlich ausgestreckt, aber ruderten nicht mehr.

Er drückte sie von oben auf die Wasseroberfläche. Seine Beine strampelten auch nicht mehr. Er schaute zu mir herüber, als wollte er sagen: »Wann holst du mich hier raus?«

Aber er gab mir keine Handzeichen.

Seine Augen waren geschlossen.

Er legte den Kopf nach hinten und versuchte, seinen Mund offenzuhalten.

Eine riesig hohe Welle kam über ihn.
Er wurde unter Wasser gedrückt.
Ich wartete.
Auf die Uhr habe ich nicht geschaut.

Alles um mich herum wurde auf einmal ruhig.
Die tosenden Wellen waren verstummt.
Das Rauschen des Windes vorüber.
Mir wurde plötzlich warm.
Der Gezeitenstrom bei Ebbe hatte eingesetzt.
Aber das konnte er nicht wissen.
Er hatte mich auch nicht danach gefragt.
Ich bin nicht ungerecht, aber ich glaube, jeder bekommt das, was er im Leben verdient hat.
Ich fühlte mich wohl und bin gegangen.

Durch nichts fühlte ich mich lebendiger, als auf der Grenze zwischen Leben und Tod zu sein.

Nordsee

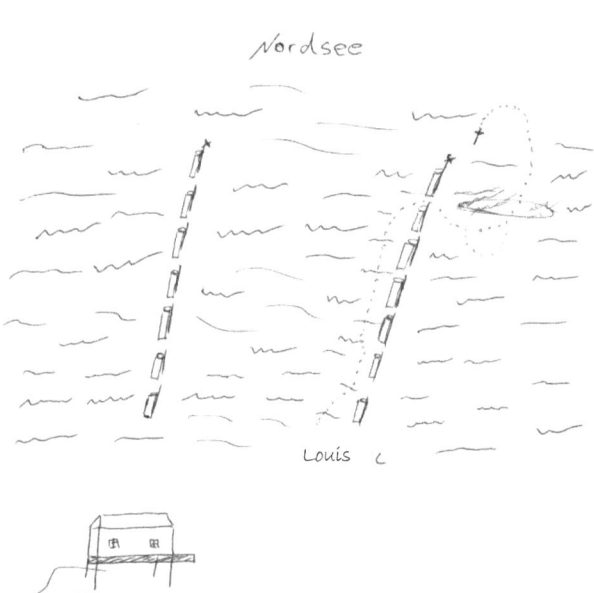

Louis

STRANDHAUS

VIERZEHN

Ich sehe, wie Tim von zwei Polizisten abgeführt wird, wie sie den langen Fußweg bis zur Villeneinfahrt hinuntergehen. Es bleibt nicht mehr viel Zeit.

»So können wir Tim nicht davongehen lassen«, sage ich.

»Ja, Ben, da hast du recht«, antwortet Richard.

»Was sollen wir tun?«

»Wartet! Hey! Moment!«, schreit Richard plötzlich. Dann beginnt er, zu rennen. Langsam folge ich ihm. Richard holt die beiden Polizisten ein und stellt sich vor ihnen auf. »Wartet mal! Bleibt mal stehen!«

»Was ist? Stimmt irgendetwas nicht?«

»Einen Augenblick. Ich brauche nur zwei Minuten«, sagt Richard und nimmt sein Funksprechgerät aus der Halterung. Er entfernt sich einige Meter, sodass ihn keiner hören kann. Er führt ein kurzes Gespräch. Es dauert fünf Minuten und ich höre, dass die Unterhaltung nicht einfach ist.

Als er zurückkommt, sagt er: »Es ist okay, wir machen das anders.« Richard nimmt Tim die Handschellen ab. Sein Kollege, der Tims Kopf nach unten gedrückt hat, lässt ihn los. Der andere Kollege will Tim nicht loslassen, er hält ihn weiterhin am Arm fest. Richard schüttelt den Kopf. Dann übernimmt Richard die Position an Tims Seite und packt ihn am rechten Arm. Tim schaut mich an, aber er sagt nichts. Gemeinsam gehen wir ein Stück.

Richards Kollegen bleiben dicht hinter uns. Nach einigen Metern stoppt Richard und lässt Tims Arm los. Er zieht seine Polizeijacke aus, nimmt den Helm ab und reißt sich die Gesichtsmaske runter. Dann gehen wir zu dritt weiter, so wie früher, als wir gemeinsam über den Pausenhof schlenderten. Aber wir reden nicht mehr miteinander.

Wir gehen zu einem schwarzen Zivilfahrzeug. Ein Polizist öffnet die Hintertür und Tim steigt ein. Als er auf der Rücksitzbank Platz genommen hat, drückt Richard die Tür zu. Tim schaut mich an, regungslos. Er gibt mir keine Handzeichen und streicht sich auch nicht mit der Hand durchs Haar, wie er es früher so oft getan hat. Ich erkenne auch kein Augenzwinkern mehr, das mir sagen soll: »Alles halb so wild, Ben, alles okay, mach dir mal keine Sorgen.«

Tim und ich haben in den vergangenen zehn Jahren nicht zugenommen, als wir uns das letzte Mal gesehen hatten, wir sind immer noch so schlank wie früher.

Siebzig Kilo plus minus zwei. Aber wir sind älter geworden. Tim sieht müde aus. Ja, sein Gesicht wirkt verbraucht und ist sonderbar blass.

Tim ist Tim, es ist lächerlich, sich vor ihm zu fürchten, auch wenn ihm Mord vorgeworfen wird. Und es ist wahrscheinlich, dass es bei einem Mord nicht geblieben ist, den er begangen hat. Laut Staatsanwaltschaft ist die Beweislast erdrückend. Aber trotzdem fällt es mir nicht schwer, Tim zu mögen.

Ich erinnere mich an die Internatszeit, als einzelne Schüler mitten im Unterricht aus der Klasse rausgeholt wurden, weil sie mit Drogen erwischt wurden und das Internat verlassen mussten.

Genauso wie damals stehe ich heute wieder unter Schock, empfinde Mitleid, schaue nun den »Schüler Tim« an. Und ich weiß, dass es das letzte Mal sein wird, dass ich ihn vor mir sehe. Danach wird der Kontakt zu ihm abbrechen, keiner äußert sich zu seinem »Verschwinden«, niemand will mehr über ihn etwas sagen. Du weißt aber ganz genau, wenn das stimmt, was sie ihm vorwerfen, dann kommt er nicht mehr in die Klasse zurück. Er wird aus deinem Leben gelöscht. Er hat es nicht geschafft, sich an die Regeln zu halten.

Tim und ich schauen uns gegenseitig an. Ich mache das Shaka-Zeichen, aber Tim reagiert nicht. Es tut mir weh, ihn so zu sehen, aber ich kann nichts mehr für ihn tun. Ich werde den »Schüler« Tim nie wiedersehen.

Ich sehe, wie das schwarze Auto davonfährt.

Wir bleiben uns eine Antwort schuldig. Ich habe keine Gelegenheit mehr, meinen besten Freund, der er nie war, zu fragen, was los ist.

Dann sagt Richard zu mir: »Du hast genau dreißig Minuten, Ben, keine Minute länger.«

Ich renne zurück in die Villa, hoch in die zweite Etage. Ganz bewusst nehme ich die Treppen und nicht den Aufzug. Genauso hatten wir es gemacht, als ich bei Tim zu Besuch war.

Tims Arbeitszimmer ist groß, hohe weiße Wände, sein Schreibtisch ist riesig und machtvoll. Alles erinnert mich an das Büro von Dr. Budnatz, unserem damaligen Internatsleiter. Ich setze mich auf den Lederstuhl, drehe mich zum Fenster und schaue hinaus in den Garten. Die Grünflächen sind gigantisch. Das Ganze ähnelt eher einer Parkanlage.

Ich frage mich, ob Tim jemals Freunde, richtige Freunde hatte. Irgendwie kann ich es mir nicht vorstellen, dass dort unten Partys veranstaltet wurden, einfach so zum Vergnügen, ohne irgendwelche Hintergedanken.

Nach der Internatszeit hatte ich Tim nur einmal wiedergesehen. Da waren wir beide einundzwanzig. Danach schrieben wir uns noch einige Male. Wir hatten die feste Absicht, uns öfter zu treffen, gemeinsam die Reeperbahn zu besuchen, aber jetzt, wo ich hier sitze, glaube ich, dass Tim nie die Absicht hatte, mich wiederzusehen.

Als Tim immer wieder Schlagzeilen mit extremen Bitcoin-Geschäften machte, Millionen verdiente, und als Unternehmer und Selfmade-Millionär in der Presse stand, hatte er auf meine E-Mails nicht mehr geantwortet.

Ich gehöre halt nicht dazu.

Ich öffne die oberste Schreibtischschublade und finde Geschäftsunterlagen. Verträge, Verträge und nochmals Verträge. Ich mache mir nicht die Mühe, sie zu lesen. Sie sind es nicht wert.

Dann öffne ich die mittlere Schublade und finde vier Notizhandbücher. Ich nehme eins der Bücher heraus und schlag es auf. Tim hat dort Erinnerungen und Anmerkungen hineingeschrieben. Ich lege das Notizhandbuch zur Seite und öffne die unterste Schublade. Ich entdecke ein Stofftuch. Irgendetwas ist darin eingewickelt. Der Gegenstand fühlt sich nicht schwer an. Ich beginne, das Stofftuch abzuwickeln und erstarre vor Schreck. Ich halte einen halben Fußballschuh in der Hand. Es ist der vordere Teil meines Fußballschuhs, den ich immer gesucht habe.

Wie viele Jahre hatte ich gegrübelt, wer mir das angetan hatte? Wen hatte ich nicht alles auf dem Internat verdächtigt? Wie vielen Mitschülern hatte ich die Freundschaft aufgekündigt, weil Tim meinte »der war das gewesen«.

Ich greife erneut in die Schublade und schiebe meine rechte Hand ganz tief nach vorne. Ich ziehe einen schweren Gegenstand heraus. Es ist ein kleiner Bolzenschneider. Er hat die doppelte Größe eines Taschenmessers.

Ich nehme den Bolzenschneider und untersuche ihn nach Spuren und entdecke ganz kleine Lederstücke. Ich habe keine Zweifel. Die Lederfetzen gehören zu meinem Fußballschuh.

Ich nehme das Notizhandbuch wieder in die Hand und öffne es. Auf der ersten Seite finde ich eine Skizze. Darauf ist Tims Gesicht zu sehen. Ob Tim sein Gesicht selbst gezeichnet hat oder jemand anders, das weiß ich nicht. Ich erinnere mich an eine Situation im Internat, als ich ihn einmal im Bad vor dem Spiegel stehen sah. Tim hatte vergessen, die Tür abzuschließen. Er hielt einen Schreibblock in der Hand und zeichnete irgendetwas. Tim hat es mir nie gezeigt.

Als ich die Notizhandbücher wieder in die mittlere Schublade hineinlege, stoße ich auf etwas Festes. Ich taste die Schublade mit meinen Fingern ab und ziehe einen kleinen Gegenstand heraus. Ich halte eine kleine Pocket-Videokamera in der Hand. Tim hatte eine solche Kamera mit auf Norderney gehabt. Später hatte er uns erzählt, die Kamera wäre verloren gegangen.

Plötzlich bekomme ich einen irritierenden Gedankenblitz. Für kurze Zeit bin ich abwesend. Ich drehe die Zeit zurück und erinnere mich an Louis. Tim hatte damals über den Badeunfall mit Louis nicht viel geredet. Nach dem Badeunfall hatten wir Tim keine Minute mehr allein gelassen und haben uns fürsorglich um ihn gekümmert, und gesagt, dass er jetzt ganz stark sein müsse. Ich war damals überrascht gewesen, wie gut er die Sache weggesteckt hatte.

Ich bekomme zittrige Hände und wische mir einige Schweißtropfen von der Stirn. Tim hatte Louis immer als eine Bedrohung für unsere Gruppe dargestellt, was er aber nie war.

Ich schaue auf die Kamera. Irgendetwas zwischen Tim und mir schien sich gerade aufzulösen.

Nein, niemals, denke ich, das kann nicht sein. Und lege die Kamera wieder in die Schublade zurück.

Auf dem Schreibtisch liegt eine halbvolle Zigarettenschachtel. Ich nehme eine Zigarette heraus, stehe auf und setze mich auf die Fensterbank.

Ich zünde die Zigarette an, ziehe dran, forme meinen Mund zu einem »O« und blase langsam und stetig etwas Rauch aus meinem Mund.

Zwei Rauchringe steigen auf und gleiten durch den Raum.

Ich öffne das Fenster und schaue hinunter in den Garten. Die Luft, die mir entgegenkommt, ist frisch und warm. Der Frühling ist endlich da. Für mich die schönste Zeit des Jahres. Alles fängt zu blühen an, sich mit Leben zu füllen.

Ich greife in mein Jackett, ziehe ein Blatt Papier heraus und schaue auf die anwaltliche Vollmacht, die Tim nicht unterschrieben hat.

Was bleibt ist die Erinnerung, das freundschaftliche Gefühl, als wir mit der Fähre nach Norderney übersetzten, und Tim zu mir sagte: »Ben, ich bin glücklich, hier zu sein.«

Ich hatte keine Ahnung, wer Tim wirklich war.

Tim ist weg.
Für immer.
Er kommt nie wieder.
Ich stellte mir die Frage, ob er jemals da war.